少年读经典诗文

少年读楚辞

宋立涛　主编

民主与建设出版社

·北京·

图书在版编目（CIP）数据

少年读楚辞 / 宋立涛主编 . -- 北京：民主与建设
出版社，2020.7
（少年读经典诗文；2）
ISBN 978-7-5139-3077-2

Ⅰ.①少… Ⅱ.①宋… Ⅲ.①古典诗歌－诗集－中国
－战国时代②楚辞－少年读物 Ⅳ.① I222.3

中国版本图书馆 CIP 数据核字（2020）第 102760 号

少年读楚辞
SHAONIAN DU CHUCI

主　　编	宋立涛	
责任编辑	刘树民	
总 策 划	李建华	
封面设计	黄　辉	
出版发行	民主与建设出版社有限责任公司	
电　　话	（010）59417747　59419778	
社　　址	北京市海淀区西三环中路 10 号望海楼 E 座 7 层	
邮　　编	100142	
印　　刷	三河市燕春印务有限公司	
版　　次	2020 年 8 月第 1 版	
印　　次	2020 年 8 月第 1 次印刷	
开　　本	850mm×1168mm　1/32	
印　　张	5 印张	
字　　数	111 千字	
书　　号	978-7-5139-3077-2	
定　　价	198.00 元（全六册）	

注：如有印、装质量问题，请与出版社联系。

　　楚辞是战国时期兴起于楚国的一种诗歌形式，亦作"楚词"。在汉代，楚辞也被称为辞或辞赋。西汉末年，刘向将屈原、宋玉的作品以及汉代淮南小山、东方朔、王褒、刘向等人承袭模仿屈原、宋玉的作品共16篇辑录成集，定名为《楚辞》。楚辞遂又成为诗歌总集的名称。由于屈原的《离骚》是《楚辞》的代表作，共373句，是我国古代最长的抒情诗，故楚辞又称为骚或骚体。

　　《楚辞》对后世文学影响深远，不仅开启了后来的赋体，而且影响历代散文创作，是我国积极浪漫主义诗歌创作的源头。

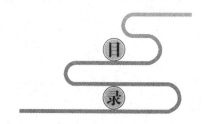

离 骚

　　帝高阳之苗裔兮①，朕皇考曰伯庸②。摄提贞于孟陬兮③，惟庚寅吾以降④。皇览揆余初度兮⑤，肇锡余以嘉名⑥。名余曰正则兮⑦，字余曰灵均⑧。纷吾既有此内美兮⑨，又重之以修能⑩。扈江离与辟芷兮⑪，纫秋兰以为佩⑫。汩余若将不及兮⑬，恐年岁之不吾与⑭。朝搴阰之木兰兮⑮，夕揽洲之宿莽⑯。日月忽其不淹兮⑰，春与秋其代序⑱。惟草木之零落兮⑲，恐美人之迟暮⑳。不抚壮而弃秽兮㉑，何不改此度㉒？乘骐骥以驰骋兮㉓，来吾道夫先路㉔。

　　①帝：帝之本义为花蒂（吴大澂说）或胚胎（姜亮夫说），引申为始生之祖。在夏、商、周三代，称已死的君主为帝。屈原与楚王同宗，故也以帝高阳颛顼为始生之祖。高阳：颛顼有天下，号高阳。高阳是南楚神话中的地方神，始由天神所派，后逐步由地方神演变为楚人之祖先。苗裔：子孙后代。兮：语气词，楚地方言。一说可读若"啊"。

　　②朕：上古时代第一人称，至秦始皇二十六年（前221），诏定为皇帝自称。这里是屈原自称。皇考：对亡父的尊称。皇，大，美，光明。考，指亡父。但也有学者提出皇考是指先祖或祖父。伯庸：屈原父亲的名或字。一说是屈原先祖或祖父的名或字。

1

③摄提：此处为"摄提格"的省称。岁星名。古代岁星记年法中的子、丑、寅、卯、辰、巳、午、未、申、酉、戌、亥十二辰之一，相当于干支纪年法中的寅年。《尔雅·释天》："太岁在寅曰摄提格。"也有学者认为"摄提"不是"摄提格"的省称，而是星名。贞：古与"鼎"字同。鼎，当也。孟陬：孟春正月。正月为陬，又为孟春日，故称。

④庚寅：屈原出生的日子，庚寅日为楚民间习俗上的吉宜日，古有男命起寅的传说。降（古音）：诞生，降生。本义为自天而降，这里屈原自言天生。

⑤揆：度量，揣度。初度：此处释为刚出生时的器度。度，态度，器度，气象。

⑥肇：开始。一说认为"肇"通"兆"，占卜的意思。锡：同"赐"，送给。

⑦正则：公正而有法则。《史记·屈原贾生列传》："屈原者，名平。"正则是对"平"字进行的解释。

⑧字：取表字。灵均：灵善而均调。王夫之《楚辞通释》："原者，地之善而均平者也。"

⑨纷：美盛。内美：先天具有的内在的美好德性。

⑩重：加上。一说是轻重之重。修能：即"修态"，即"美好的外表仪形"。能，通"态"。一释为"长才"，即"很强的才干和能力。"能，通"耐"。

⑪扈：披，楚地方言。江离：亦作"江蓠"，又名"蘼芜"，香草名。一说江离是生于江中的香草。辟芷：幽香的芷草。一说为生长在幽僻处的芷草。

⑫纫：搓，捻。一释为续，接。又可释为结、贯。

⑬汩：疾行；快速。

⑭不吾与：即"不与吾"之倒言。

⑮搴：拔取。阰：山名。木兰：香木名，又名杜兰、林兰，皮似桂而香，状如楠树。

⑯揽：采摘。洲：江河中的陆地。宿莽：经冬不死的草。

⑰忽：迅速。淹：通"延"，逗留，停留。

⑱序：通"谢"，过去，逝去。

⑲惟：思。

⑳美人：此处指楚怀王。迟暮：比喻晚年。

㉑不抚壮而弃秽兮：诸本此句无"不"字，非是。抚，凭，持。壮，指盛壮之年。一说指国势强盛。秽，指污秽的行为。一说指杂乱的政事。又一说指小人。

㉒此度：指上文"不抚壮而弃秽"的态度。

㉓骐骥：骏马。驰骋：纵马疾驰，奔驰。

㉔来：相招之辞。道：通"导"，引导。夫：语气词。先路：先王的道路。

译文

我是远祖高阳氏的后裔啊，我父亲的名字叫伯庸。岁星正好运行到寅年正月啊，我呱呱降生。父亲端详我初生时的气度啊，从那时起他赐予我这贞祥的名字：他给我起名叫正则啊，起字作灵均。我欢喜自己刚出生已有如此众多的惠质啊，又加上具有出众的才能。披戴着江离和幽香的白芷啊，缀结秋兰作为腰间配饰。我快速前行看似追寻不上目标啊，担心岁月不再留给我更多的时间！早上拔取坡地上的木兰啊，傍晚采摘水洲中的宿莽。日月倏忽不返从不停下脚步啊，春天与秋天季节在更替。想到草木都要凋零啊，就怕楚王步入衰残的暮年。为什么不趁着壮年抛弃污秽啊，就此改变你的态度？骑上骏马奔驰吧！来吧，我在前面为你开路！

原文

昔三后之纯粹兮①，固众芳之所在②。杂申椒与菌桂兮③，岂维纫夫蕙茝④？彼尧舜之耿介兮⑤，既遵道而得路⑥。何桀纣之猖披兮⑦，夫唯捷径以窘步⑧。惟夫党人之偷乐兮⑨，路幽昧以险隘⑩。岂余身之惮殃兮⑪，恐皇舆之败绩⑫。忽奔走以先后兮，及前王之踵武⑬。荃不察余之中情兮⑭，反信谗而齌怒⑮。余固知謇謇之为患兮⑯，忍而不能舍也。指九天以为正兮⑰，夫唯灵修之故也⑱。曰黄昏以为期兮，羌中道而改路⑲。初既与余成言兮⑳，后悔遁而有他。余既不难夫离别兮㉑，伤灵修之数化㉒。

注释

①三后：有五解，当以汪瑗"楚之先君"说为是。纯粹：纯正不杂，引申指德行完美无缺。

②众芳：喻众多有才能的人。

③杂：会集，兼有。申椒：生得重累而丛簇的花椒。菌桂：像竹子一样圆的桂树。

④维：仅，只。蕙茝：均香草名。

⑤尧舜：唐尧和虞舜的并称，远古部落联盟的首领，古史传说中的圣明君主。耿介：光大圣明。

⑥遵道而得路：遵，循。道，正途。路，大道。

⑦桀纣：夏桀和商纣的并称。猖披：衣不系带，散乱不整貌。引申为狂妄偏邪之意。

⑧捷径：原意指近便的小路，此处喻不循正轨，贪便图快的做法。窘：困窘，窘迫。

⑨夫：彼。党人：朋党。偷乐：贪图享乐。一作"苟且偷安"解。

⑩幽昧：昏暗不明。险隘：危险狭隘。

⑪惮：畏惧，害怕。

⑫皇舆：君王乘的车子，比喻国家政权。败绩：原意指车之覆败，引申指事业的败坏、失利。

⑬前王：即上文之"三后"与"尧舜"。踵武：足迹。踵，足跟。

⑭荃：香草名，多喻君主。中情：谓内心真诚。

⑮齌怒：疾怒，暴怒。齌，炊火猛烈，引申为暴烈。

⑯謇謇：直言的样子。患：害。

⑰九天：谓天之中央与八方。正：通"证"，验证。

⑱灵修：能神明远见者，此处当指楚怀王而言。

⑲"曰黄昏"以下二句：此为衍文。

⑳成言：定言。

㉑难：畏惮，畏惧。

㉒化：变化。一作"讹"解。

译文

从前楚国三位贤王德行完美、纯正无私啊，因而成为群贤毕集的所在。花椒与菌桂聚集一处啊，缀结的何止蕙和茝？尧舜光大圣明啊，他们遵行正道使国家走上正途。桀纣一样荒乱偏邪啊，贪

5

图近便小径以致走投无路。结党营私之徒享乐啊，国家的前途晦暗不明危险难行。难道我是害怕自身遭受灾殃吗？我是怕君王的车子遭到颠覆。我匆促奔走于君王鞍前马后啊，希望他能追踪先王的足迹。君王却不明察我内心的真情啊，反而轻信了谗言而勃然大怒。我本来就知道正道直行会引起祸患啊，宁可忍受痛苦却无法改变初衷。手指天地作为我起誓的明证啊，这都是因为君王的缘故。说好在黄昏时分相约会面的啊，走到半路又中途改道。当初已经跟我订下誓约啊，随后又反悔另有他求。我已不再为君臣分隔而难过啊，只是哀婉君王朝令夕改。

原文

余既滋兰之九畹兮①，又树蕙之百亩②。畦留夷与揭车兮③，杂杜衡与芳芷④。冀枝叶之峻茂兮，愿竢时乎吾将刈⑤。虽萎绝其亦何伤兮，哀众芳之芜秽⑥。众皆竞进以贪婪兮，凭不厌乎求索⑦。羌内恕己以量人兮⑧，各兴心而嫉妒⑨。忽驰骛以追逐兮⑩，非余心之所急⑪。老冉冉其将至兮⑫，恐修名之不立。朝饮木兰之坠露兮⑬，夕餐秋菊之落英⑭。苟余情其信姱以练要兮⑮，长顑颔亦何伤⑯？擥木根以结茝兮⑰，贯薜荔之落蕊⑱。矫菌桂以纫蕙兮⑲，索胡绳之纚纚⑳。謇吾法夫前修兮㉑，非世俗之所服。虽不周于今之人兮㉒，愿依彭咸之遗则㉓。

注释

①滋：栽，栽种。九畹：极言其多。畹，古代面积单位，十二亩田曰畹，一说三十亩田曰畹。

②树：种植。蕙：香草名，所指有二：一指薰草，俗称佩兰。古人佩之或做香焚以避疫。二指蕙兰。

③畦：分畦种植。留夷：香草名。一说即芍药。揭车：香草名。

④杜衡：亦作“杜蘅”，香草名，俗名马蹄香。芳芷：香草名，即白芷。

⑤竢：等待。刈：割取。

⑥哀：悯惜。众芳：指上文所言之六物——兰、蕙、留夷、揭车、杜衡、芳芷，喻众贤。芜秽：荒芜，谓田地不整治而杂草丛生。此处比喻自己所培养的人才变质了，它们竟变成了一片恶草。

⑦凭：满足。楚人名“满”曰“凭”。

⑧羌：楚地方言，发语词。恕己以量人：谓以自己之心来忖度他人，犹俗语所云“以小人之心，度君子之腹”。

⑨兴心：生心。

⑩驰骛：疾驰，奔腾。

⑪非余心之所急：此句屈子自表其心不同于众，而众人不必嫉妒他。

⑫老：老景。冉冉（rǎn）：形容时光渐渐流逝。

⑬饮：小口吸食。

⑭餐：吞食。落英：坠落的花朵。一释为“初生的花朵”。

⑮信姱：真正美好。姱，美好。练要：谓精诚专一，操守坚贞。要，约束。

⑯顑颔：因饥饿而面黄肌瘦。

⑰擥：执持。木根：兰槐之根。

⑱薜荔：香草名，又称木莲。蕊：花心。

⑲矫："使之直"的意思。菌桂：香木名，今之肉桂、桂属中的一种。

⑳索：绞合使紧。胡绳：香草名。纚纚：长而下垂的样子。

㉑謇：为楚地方言，发语词。一说为用心竭力、艰难勤苦之意。前修：犹前贤。

㉒周：调和，适合。

㉓彭咸：王逸楚辞《楚辞章句》："彭咸，殷贤大夫，谏其君不听，自投水而死。"以后各家释彭咸者均承此说。

译文

我栽下了九畹的兰花啊，又种上了百亩的蕙草。将芍药和揭车分畦种植啊，其间兼有马蹄香和白芷。希望它们枝繁叶茂啊，我愿等待时机将它们采摘。即使枯黄凋落又有何伤感啊，悲哀的是这许多花草变成遍地荒棘！众人都争名逐利、贪得无厌啊，孜孜以求从不满足。他们以自己的心肠来猜度我啊，各自私念丛生又充满妒忌。急切奔跑追逐名利啊，并不是我的心中所求。人生暮景渐渐就要降临啊，我担心的是人生的美名没有树立！早上啜饮木兰上滴下的露水啊，傍晚含咀坠落的秋菊。只要我的情志美好、精纯如一啊，长久以来的神形消损又怎值得悲戚！持取木根绕结茝花啊，将薜荔刚绽放的花心联结成串。使菌桂变直并缀结上蕙草啊，再把胡绳绞合起来而彰显飘逸身姿。我效法前贤的装束啊，并非流俗之辈所能服习。即使不能迎合当世的人啊，我愿依从彭咸留下的范型！

原文

　　长太息以掩涕兮，哀民生之多艰。余虽好修姱以鞿羁兮[1]，謇朝谇而夕替[2]。既替余以蕙纕兮[3]，又申之以揽茝[4]。亦余心之所善兮，虽九死其犹未悔。怨灵修之浩荡兮[5]，终不察夫民心[6]。众女嫉余之蛾眉兮[7]，谣诼谓余以善淫[8]。固时俗之工巧兮，偭规矩而改错[9]。背绳墨以追曲兮[10]，竞周容以为度[11]。忳郁邑余侘傺兮[12]，吾独穷困乎此时也。宁溘死以流亡兮[13]，余不忍为此态也[14]。鸷鸟之不群兮[15]，自前世而固然。何方圜之能周兮[16]，夫孰异道而相安？屈心而抑志兮，忍尤而攘诟[17]。伏清白以死直兮[18]，固前圣之所厚。

注释

　　①虽：通"唯"。修姱：修洁而姱美，喻美德。鞿羁：马缰绳和络头，比喻束缚。

　　②謇：发语词。谇：谏。一释为"诟"、"让"，意即指责，责备。替：废，废弃。

　　③纕：佩带。一说即今香囊之属。

　　④申：重复。揽茝：姜亮夫认为此"揽"字当为"兰"字，"兰茝"与上文"蕙纕"为对。

　　⑤灵修：指楚国国君。浩荡：犹荒唐。

　　⑥民：人，屈原自谓。

　　⑦蛾眉：指女子美丽的容貌，又用以比喻屈原自己优秀的品质。

　　⑧谣诼：造谣毁谤。淫：邪乱，淫乱。

　　⑨偭：背，违背。规矩：规和矩，校正圆形和方形的两种工具。错：通"措"，措施。

　　⑩绳墨：木工画直线用的工具，这里比喻正道直行。追曲：随

意曲直，没有一定的法则。

⑪周容：迎合讨好。度：常行之法。一说为态度。

⑫忳：忧郁，烦闷。郁邑：忧愤郁结，忧懑压抑。侘傺：失意而神情恍惚的样子。

⑬溘死：忽然死去。流亡：谓淹忽而死，随水以去。

⑭此态：指小人工巧、周容之丑态。

⑮鸷鸟：指凶猛的鸟。一说鸷鸟当为忠贞刚特之鸟。不群：猛禽不与众凡鸟为群，喻刚正之君子不与阘茸之小人为伍。

⑯方圜：同"方圆"。周：合。

⑰忍尤：容忍罪过。尤，罪过。攘诟：容忍耻辱。以上"屈心"与"抑志"、"忍尤"与"攘诟"均为对文。

⑱伏：通"服"，信服。

译文

长长地叹息我掩面拭泪啊，感伤人生的道路是多么的艰难。我虽爱好美德却遭受羁縻啊，早上向君王进谏傍晚就被废弃。废弃我的原因是因为我身佩蕙草啊，又加上我用兰茝作为佩饰。它们都是我心头之好啊，为此即使万死我也不后悔。埋怨怀王行事荒唐啊，终究不明察我的忠心。女人们都嫉恨我美丽的容貌啊，恶语中伤说我善于淫逸。本来流俗善于取巧啊，背弃原则篡改措施。违反标准并无原则啊，争相迎合讨好且以之为常行之法。忧郁压抑我失意不乐啊，偏偏独有我受困于时。宁肯突然死去形体不存啊，我不忍心作出那副样子！鸷鸟高飞远走、卓特不群啊，先世以来就一向如此。圆凿方枘如何能够互容啊，谁可以道不同却彼此相安？委屈本心压抑情志啊，包容过错含垢忍耻。坚持清白之躯为正义而死啊，那才是先贤们所珍视的事。

原 文

悔相道之不察兮①，延伫乎吾将反②。回朕车以复路兮，及行迷之未远。步余马于兰皋兮③，驰椒丘且焉止息④。进不入以离尤兮，退将复修吾初服⑤。制芰荷以为衣兮⑥，集芙蓉以为裳⑦。不吾知其亦已兮，苟余情其信芳⑧。高余冠之岌岌兮⑨，长余佩之陆离⑩。芳与泽其杂糅兮⑪，唯昭质其犹未亏⑫。忽反顾以游目兮，将往观乎四荒⑬。佩缤纷其繁饰兮⑭，芳菲菲其弥章⑮。民生各有所乐兮⑯，余独好修以为常⑰。虽体解吾犹未变兮⑱，岂余心之可惩⑲？

注 释

①相道：观察道路。一释为寻找道路。察：详细察看。

②延伫：长久地站立。一释为长望。

③步余马：骑着我的马慢慢走。一释为训练我的马。兰皋：长着兰草的水边高地。

④椒丘：尖削的高丘。一释为生有椒木的丘陵。焉：于此。

⑤初服：未入仕时的服装。

⑥制：裁剪。芰荷：指菱叶与荷叶。一说芰荷为一物。衣：上衣。

⑦芙蓉：荷花的别名。裳：古代称下身穿的衣裙，男女皆服。

⑧其：句中衬字，无义。

⑨岌岌：高高的样子。

⑩佩：身上佩带的剑。陆离：长的样子。

⑪芳：草香，亦泛指香，香气。泽：姜亮夫《屈原赋校注》认为此为"臭"字之讹变。糅：混杂，混合。

⑫唯：有三解：一释为"独"。二释为"辞也"，即发语词。三说同"惟"，表明心中冀望之意。三说均可通。昭质：明洁的品质。

亏：损。

⑬"忽反顾"以下二句：屈原欲离朝去野，隐居避祸。忽，不经意。游目，放眼纵望。四荒，四方荒远之地。

⑭缤纷：繁盛的样子。繁饰：众多的彩饰，盛饰。

⑮菲菲：香气很盛。

⑯民生：即人生。

⑰好修：喜作修饰。常：常规，习惯。

⑱体解：分解人的肢体，古代酷刑之一。

⑲惩：克制，制止。

译 文

悔恨选择道路时未曾看清啊，站在那里久久凝望而后我就要回返。调转我的车头重归正确的路啊，趁误入迷途还不是太远。让我的马漫步在长满兰花的湿地上啊，跑到遍是椒树的土坡上在那里休息。进谏不被君王接纳却承受过错啊，我将隐退重新穿回当初的衣冕。裁制菱叶作为上衣啊，缀合莲花以作下裙。没有人理解我也就算了吧，只要我的情志真正

高洁芳郁。加高我的帽子使之显得危耸啊，加长我的佩剑使之更加奇诡斑斓。芳香和腐臭混杂在一处啊，只有明洁的品质尚未缺损。倏忽间回首远望啊，我将去四方荒远之地游览。戴上众多华美的佩

饰啊，浓郁的芳香使它们更加耀眼。人生各有各的乐事啊，我偏好美洁已习惯成自然。即使躯体分解我也不会改变啊，我的心中还有何畏惧？

原　文

女媭之婵媛兮①，申申其詈予②。曰鲧婞直以亡身兮③，终然殀乎羽之野④。汝何博謇而好修兮，纷独有此姱节⑤。薋菉葹以盈室兮⑥，判独离而不服⑦。众不可户说兮，孰云察余之中情？世并举而好朋兮，夫何茕独而不予听⑧。

注　释

①女媭：有六解：一释为屈原之姊。二释为屈原之妹。三释为女巫或神巫。四释为女伴、侍女。五释为贱妾，比喻党人。六释为一个假想的女性。婵媛：痛恻婉转陈辞。

②詈：责骂。

③曰：说。以下至"夫何茕独而不予听"是女媭责备屈原的话。鲧：传说中古代部落酋长名，号崇伯，禹之父。据说奉尧之命治水，未成，而被舜杀于羽山。一说被舜幽囚在羽山，最后死在那里。婞直：倔强，刚直。一说为"刚愎自用"之意。亡身：一作"方身"。一说当作"方命"，是不听指挥，不服从命令之意。一释为忘身。

④殀：早死。一释为死。又释为不得善终而死。羽：羽山，地名。

⑤纷：纷然、美盛。姱节：美好的节操。一释为奇异的行为。

⑥薋：积聚。菉：草名。葹：草名。

⑦判独：分别离散，与众不同。服：用，使用。

⑧茕独：孤独。不予听：即不听予。予，我，女媭自谓。

译 文

女嬃满心痛彻啊，重重责骂我。她说鲧因为刚直而遭流放啊，最后幽殁在羽山的郊野。你为什么还博采众芳而爱好美洁啊，美好的节操显得如此与众不同！葰藜、茝草、地葵充满屋子啊，你却迥异于众人偏偏不肯佩用在身上。不可能向每个人都详尽说明心中的想法啊，谁能明白我们内心的真诚呢？世人相互推举而好朋比为奸啊，你为什么茕然独立却不听我的劝告。

原 文

依前圣以节中兮①，喟凭心而历兹②。济沅湘以南征兮③，就重华而陈词④。启《九辩》与《九歌》兮⑤，夏康娱以自纵⑥。不顾难以图后兮⑦，五子用失乎家巷⑧。羿淫游以佚畋兮⑨，又好射夫封狐⑩。固乱流其鲜终兮⑪，浞又贪夫厥家⑫。浇身被服强圉兮⑬，纵欲而不忍。日康娱而自忘兮⑭，厥首用夫颠陨⑮。夏桀之常违兮⑯，乃遂焉而逢殃。后辛之菹醢兮⑰，殷宗用而不长⑱。汤禹俨而祗敬兮⑲，周论道而莫差。举贤而授能兮，循绳墨而不颇⑳。皇天无私阿兮㉑，览民德焉错辅㉒。夫维圣哲以茂行兮㉓，苟得用此下土㉔。瞻前而顾后兮，相观民之计极㉕。夫孰非义而可用兮，孰非善而可服㉖。阽余身而危死兮㉗，览余初其犹未悔。不量凿而正枘兮㉘，固前修以菹醢㉙。曾歔欷余郁邑兮㉚，哀朕时之不当㉛。揽茹蕙以掩涕兮㉜，沾余襟之浪浪㉝。

注 释

①节中：犹折中，取正。

②喟：叹息，叹声。凭：满。历兹：至此。

③沅：沅江，古称沅水，源出贵州省云雾山，东北流经黔阳、常德到汉寿入洞庭湖。湘：即湘江，源出广西，流入湖南省，为湖

南省最大的河流。

④重华：虞舜的美称。一说舜重瞳，故名。

⑤启：指夏启，大禹之子，夏朝君主。一释为"开启"。《九辩》：夏代乐名。一说天帝乐名。《九歌》：古代乐曲，相传为禹时乐歌。一说《九歌》也是天帝乐名。

⑥夏：有四解，此释为"大"。康娱：逸乐，安乐。

⑦不顾难：不回顾其最初取得天下之不易。以图后：为后代作谋划。

⑧五子：有四解：一释为启的五个儿子。二释为太康昆弟五人。三释为启之第五子。四释为启的兄弟。用失乎：即"用乎"，"失"字为衍文，用乎，因之，因而。家巷：内讧。巷，通"阋"。

⑨羿：传说中夏代有穷氏之国君，因夏氏以代，善射，不修民事，为家臣寒浞所杀。佚：放纵。畋：畋猎，打猎。

⑩好：喜好。封狐：大狐。一释为大猪。"狐"是"豨"之误。

⑪乱流：乱逆之流。鲜终：少有善终。

⑫浞：传说中夏时有穷氏后羿之相。羿不理政事，寒浞遂杀羿自立。厥：其，这里指代羿。家：通"姑"，古时对妇女的一种称谓，这里指羿的妻室。

⑬浇：即过浇。传说中夏代寒浞之子。被服强圉：负恃有力，即依仗自己强大的力量。一释为穿着坚甲。

⑭自忘：忘怀自身安危。

⑮用夫：因而。颠陨：坠落。

⑯夏桀：夏代最后一个君主，名履癸，相传为暴君。常违：经常违背天道和人理。

⑰后辛：即殷纣王。后，君主。辛，纣王之名。菹醢：亦作"葅醢"，古代把人剁成肉酱的酷刑。后亦用以泛指处死。

⑱殷宗：殷商之国祚。用而：因而，因此。

⑲汤禹：商汤与夏禹。一释为大禹。俨：恭敬，庄重，庄严。祗敬：恭敬。

⑳循：顺着，遵从。绳墨：木工画直线用的工具，此处喻规矩、准则和法度。

㉑皇天：对天及天神的尊称。私阿：偏爱，曲意庇护。

㉒民德：在皇天看来，人君也是臣民，故此"民德"是指那些得了天下的君王而言。错辅：安排辅助。错，通"措"，安排。

㉓维：同"唯"，独。圣哲：此处指具有超人的道德才智的人。茂行：德行充盛。

㉔苟：于是。用：拥有，治理。下土：天下。

㉕相：看，观察。计极：兴亡的原因。

㉖服：行，行事。

㉗阽：临近危险。危死：濒临死亡。

㉘凿：榫眼。正：审定，确定。枘：器物的榫头。

㉙前修：古代的贤人，此处指因忠言直谏而遭到菹醢之刑的贤人，如龙逢、梅伯等。

㉚曾：通"增"，屡屡。歔欷：悲泣，抽噎。郁邑：即"郁悒"，苦闷，忧愁。

㉛哀朕时之不当：哀叹自己生不逢时。当，引申为"值"，逢，遇之义。

㉜茹：柔软。一释为香草名。

㉝沾：浸湿。浪浪：泪流不止的样子。

译文

依从先贤的价值标准进行评判啊，满怀感喟为何遭此厄运。渡过沅、湘向南进发啊，到帝舜跟前大声陈说：夏启创制《九歌》、《九辩》啊，恣意寻欢作乐以致放纵堕落。不顾念先王创业艰难并为后代打算啊，五位王公因此内讧相争。后羿过度沉溺于狩猎啊，又喜欢射杀大猪以取乐。本来恣肆妄行就没有好下场啊，寒浞夺权又占有了他的妻子。浇恃强尚武啊，放纵欲念不肯放弃糜烂生活。每天沉浸

于燕舞笙歌浑然忘我啊，他的头颅因此而掉落。夏桀所行与常情有违啊，最后终究遭受了灾祸。纣王辛发明将人剁成肉酱的酷刑啊，殷商因而不能国祚绵长。大禹庄穆而敬畏神灵啊，周详地施行仁政而没有差错。推举贤德、任用能臣啊，遵守法则而不偏颇。上苍不会偏袒谁啊，视民心向背加以辅佐。只有贤达睿智、德行充盛啊，才能拥有这整个天下。回顾历史展望将来啊，考察人世治变的道理。谁不是因为忠义而被任用啊，谁不是因为纯良美好而成为奉行的楷模！我身陷危难几蹈死地啊，静观初心从未后悔。不度量凿孔而选用合适的榫头啊，这本是前贤被剁成肉末的原因。我频频悲叹抑郁忧伤啊，哀婉自己生不逢时。拿起柔软蕙草掩面痛哭啊，泪珠滚滚滑落打湿我的前襟。

原文

跪敷衽以陈辞兮^①，耿吾既得此中正^②。驷玉虬以桀鹥兮^③，溘

埃风余上征④。朝发轫于苍梧兮⑤，夕余至乎县圃⑥。欲少留此灵琐兮⑦，日忽忽其将暮。吾令羲和弭节兮⑧，望崦嵫而勿迫⑨。路曼曼其修远兮⑩，吾将上下而求索⑪。饮余马于咸池兮⑫，总余辔乎扶桑⑬。折若木以拂日兮⑭，聊逍遥以相羊⑮。前望舒使先驱兮⑯，后飞廉使奔属⑰。鸾皇为余先戒兮⑱，雷师告余以未具⑲。吾令凤鸟飞腾兮⑳，继之以日夜。飘风屯其相离兮㉑，帅云霓而来御㉒。纷总总其离合兮㉓，斑陆离其上下㉔。吾令帝阍开关兮㉕，倚阊阖而望予㉖。时暧暧其将罢兮㉗，结幽兰而延伫。世溷浊而不分兮㉘，好蔽美而嫉妒㉙。

注释

①敷：铺开。衽：衣之前襟。

②耿：耿介，光明正大。此中正：此中正之道，即上文所说明主贤臣相得、昏君乱臣相残的道理。

③驷：古代一车套四马，因以称驾一车之四马，或四马所驾之车。这里意思是以四虬龙驾车。虬：传说中的一种无角龙。桀：同"乘"。鹥：传说中的鸟名，凤凰之属，身有五彩花纹。

④溘：忽然。埃：微小的尘土。征：行，此处指乘坐四龙所拉的凤车飞上天空。

⑤发轫：拿掉支住车轮的木头，使车前进。借指启程，出发。苍梧：一名九嶷，在湖南省宁远县东南。

⑥县圃：又作玄圃、悬圃，传说中神仙居处，在昆仑山顶。

⑦灵琐：君门。姜亮夫《屈原赋校注》以为即玄圃之门。

⑧羲和：古代神话传说中驾御日车的神。弭节：缓慢行驶。节，车子行驶的步调。

⑨崦嵫：山名，在甘肃省天水县西境，传说以为日落的地方。

迫：迫近。

⑩曼曼：形容距离远或时间长。修远：长远。

⑪上下而求索：求索的对象，各家说法不一，联系上下文，当以"求天帝之所在"近是。

⑫咸池：神话中谓日浴之处。

⑬总：系，结，束结。辔：驾驭马的缰绳。扶桑：神话中的树名。传说日出于扶桑之下，拂其树枒而升，因谓为日出处。

⑭若木：古代神话中的树名。一说即扶桑。

⑮聊逍遥以相羊：聊逍遥、相羊，是联绵词的不同交体，意思相同，都有徘徊之义。

⑯望舒：神话中为月驾车的神。先驱：原指军队中的前锋，此处引申指向导。

⑰飞廉：即风神。一说能致风的神禽名。奔属：奔跑着紧跟在后面。

⑱鸾皇：亦作"鸾凰"。鸾与凰，皆瑞鸟名，常用以比喻贤士淑女。

⑲雷师：神话中的雷神。或说就是丰隆。未具：驾御未备。

⑳凤鸟：凤凰，传说中的瑞鸟。

㉑飘风：旋风，暴风。屯：聚集。离：附丽。

㉒帅：通"率"，率领。霓：虹的一种，又称副虹（相对于主虹而言）。

㉓总总：聚集一处的样子。

㉔斑：荣盛。陆离：光辉灿烂的样子。

㉕帝阍：天帝的看门人。阍，看门人。

㉖阊阖：神话中的天门。

㉗暧暧：昏暗的样子。

㉘溷浊：混乱污浊。

㉙美：品德、才能皆优秀的人。

　　衣襟铺开跪着慷慨陈词啊，我得到无私正道心中豁然通明。驾驭四条无角玉龙所拉的凤车啊，倏忽间我依托风云直上天空。早上从苍梧出发啊，傍晚到县圃停歇。我打算在神门前稍歇片刻啊，日头渐渐偏移入暮。我让羲和徐徐前行啊，看到崦嵫山暂且止步。前途漫长遥远无边啊，我将上天入地寻求出路。在咸池饮我的马啊，将马缰系在扶桑神木。攀折若木遮蔽日光啊，姑且逍遥徜徉自由自在。使月神望舒在前面开路啊，让风伯奔跑于后。早有鸾凤为我戒严道路啊，雷神却告诉我严装未备。我命凤鸟们腾翔于九天啊，日以继夜不得疏忽。暴风骤集欲使队伍离散啊，统率着前来迎接的云雾。来势盛大忽散忽聚啊，上下翻转光彩夺目。我命天帝的看门人打开天门啊，他却倚靠在天门外视而不见。此刻光线暗淡日将西落啊，只得编结幽兰长久停驻。世道混乱良莠不分啊，喜欢掩蔽贤才妄加嫉妒。

原　文

　　朝吾将济于白水兮①，登阆风而绁马②。忽反顾以流涕兮，哀高丘之无女③。溘吾游此春宫兮④，折琼枝以继佩⑤。及荣华之未落兮⑥，相下女之可诒⑦。吾令丰隆乘云兮⑧，求宓妃之所在⑨。解佩纕以结言兮⑩，吾令蹇修以为理⑪。纷总总其离合兮⑫，忽纬𬤇其难迁⑬。夕归次于穷石兮⑭，朝濯发乎洧盘⑮。保厥美以骄傲兮⑯，日康娱以淫游。虽信美而无礼兮，来违弃而改求⑰。览相观于四极兮⑱，周流乎天余乃下。望瑶台之偃蹇兮⑲，见有娀之佚女⑳。吾令鸩为媒兮㉑，鸩告余以不好。雄鸩之鸣逝兮，余犹恶其佻巧㉒。心犹

20

豫而狐疑兮㉓，欲自适而不可。凤皇既受诒兮㉔，恐高辛之先我㉕。

注 释

①白水：神话传说中源出昆仑山的一条河流，相传饮之可以不死。

②阆风：山名。神话传说中神仙居住的地方，在昆仑之巅。绁马：系马。

③高丘：楚国山名。一释为传说中的神山。

④春宫：神话传说中东方青帝居住的地方。

⑤琼枝：神话传说中的玉树。

⑥荣华：原意指草木茂盛、开花，此处喻美好的容颜或年华。

⑦相：视。下女：有多种解释，蒋骥《山带阁注楚辞》认为"指下处宓妃诸人；对高丘言，故曰下。"诒：通"贻"，赠送。

⑧丰隆：神话传说中的雷神，后多用作雷的代称。一说是云神。

⑨宓妃：神话传说中的洛水女神。

⑩纕：佩带。结言：用言辞订约。

⑪蹇修：人名，传说中伏羲氏之臣，古贤者。一释为以钟磬声乐为媒使。理：使者，媒人。

⑫纷总总：此处形容使者纷纷攘攘，络绎于道。

⑬纬繣：乖庚，不合。

⑭次：留宿。穷石：神话中传说的地名。

⑮濯：洗涤。洧盘：神话传说中的水名。据说发源于崦嵫山。

⑯保：依靠，仗恃。厥：其，指宓妃。

⑰来：回来吧！这是招回丰隆的话。违弃：抛开，丢开。

⑱览相观：三字同义，看。四极：泛言四方之边极。

21

⑲瑶台：美玉砌的楼台。偃蹇：高耸。

⑳有娀：传说中的古国名。殷始祖契之妃简狄，即有娀氏女。有，词头。佚女：美女。指有娀氏美女简狄。

㉑鸩：传说中的一种毒鸟，以羽浸酒，饮之立死。

㉒恶：讨厌，憎恨。佻巧：轻佻巧佞。

㉓犹豫：迟疑不决。狐疑：猜疑，怀疑。

㉔凤皇：即凤凰。受诒：指凤凰已接受了送给简狄的聘礼，准备前去说媒。诒，通"贻"，指聘礼。

㉕高辛：帝喾初受封于辛，后即帝位，号高辛氏。事迹详见《史记·五帝本纪》。

译　文

早上我将渡过白水啊，登上阆风山系马驻足。忽然回首眺望潸然泪下啊，哀伤楚地高丘没有美女。我迅疾游历青帝所居之春宫啊，攀折那琼枝来补充我的佩饰。趁着缤纷的花草还未零落啊，我寻访美女赠送给她。我让雷神驾云而去啊，探寻宓妃所在的居处。解下佩带的香囊来订下誓约啊，我命蹇修来当媒人。纷繁盛多来去不定啊，善变乖戾难以迁就。晚上回穷石过宿啊，早上在洧盘濯洗秀发。倚仗她的美貌心娇气傲啊，每天安然享乐游玩无度。虽然她确实美丽却缺乏礼教啊，回来吧蹇修，让我们丢开她再去别处寻求。察考天下四方啊，绕天巡行后我降临下土。望见玉台高拔耸立啊，我看到有娀氏的美丽公主。我命鸩去为我作媒啊，鸩告诉我她的种种不好。雄鸩高叫着远去啊，它轻佻讨巧实在令我厌恶。犹豫不定狐疑满腹啊，我打算亲自造访又不合礼数。凤凰虽已接受信物啊，又怕帝喾比我提前一步。

原 文

欲远集而无所止兮，聊浮游以逍遥①。及少康之未家兮②，留有虞之二姚③。理弱而媒拙兮，恐导言之不固④。世溷浊而嫉贤兮⑤，好蔽美而称恶。闺中既以邃远兮⑥，哲王又不寤⑦。怀朕情而不发兮，余焉能忍与此终古。

注 释

①浮游：不知所求，无目的地漫游。逍遥：徘徊不进，与"浮游"义近。

②少康：夏代中兴之主，帝相之子。

③有虞：相传是虞舜后裔的部落国家，故址在今河南省虞城县。二姚：有虞国君的两个女儿。

④导言：传达疏导之言。

⑤世溷浊：对世混乱污浊。

⑥闺中：宫室之中。邃远：深远。

⑦哲王：明智的君王。寤：醒悟，觉醒。

译 文

想在远方栖身却无处落脚啊，姑且漫游天地飘荡不前。趁少康还未成家啊，有虞氏的二姚尚待字闺中。使者无能媒人拙劣啊，恐怕无法传达心曲不能让人信服。时世混乱嫉恨贤良啊，喜欢遮蔽美善称扬邪恶。宫闱如此深远啊，明君却偏不觉悟！怀有我这样的衷情却不能舒泄啊，我怎能强忍郁闷抱恨过此一生？

原文

索藑茅以筳篿兮①，命灵氛为余占之②。曰两美其必合兮③，孰信修而慕之？思九州之博大兮④，岂唯是其有女⑤？曰勉远逝而无狐疑兮⑥，孰求美而释女⑦？何所独无芳草兮⑧，尔何怀乎故宇⑨？世幽昧以昡曜兮⑩，孰云察余之善恶。民好恶其不同兮，惟此党人其独异⑪。户服艾以盈要兮⑫，谓幽兰其不可佩。览察草木其犹未得兮，岂珵美之能当⑬？苏粪壤以充帏兮⑭，谓申椒其不芳。欲从灵氛之吉占兮，心犹豫而狐疑。巫咸将夕降兮⑮，怀椒糈而要之⑯。百神翳其备降兮⑰，九疑缤其并迎⑱。皇剡剡其扬灵兮⑲，告余以吉故。曰勉升降以上下兮⑳，求矩矱之所同㉑。汤禹严而求合兮㉒，挚咎繇而能调㉓。苟中情其好修兮，又何必用夫行媒㉔。说操筑于傅岩兮㉕，武丁用而不疑㉖。吕望之鼓刀兮㉗，遭周文而得举㉘。宁戚之讴歌兮㉙，齐桓闻以该辅㉚。及年岁之未晏兮㉛，时亦犹其未央。恐鹈鴂之先鸣兮㉜，使夫百草为之不芳。何琼佩之偃蹇兮㉝，众薆然而蔽之㉞。惟此党人之不谅兮，恐嫉妒而折之。时缤纷其变易兮㉟，又何可以淹留。兰芷变而不芳兮，荃蕙化而为茅㊱。何昔日之草兮，今直为此萧艾也㊲。岂其有他故兮，莫好修之害也。余以兰为可恃兮㊳，羌无实而容长㊴。委厥美以从俗兮㊵，苟得列乎众芳。椒专佞以慢慆兮㊶，樧又欲充夫佩帏㊷。既干进而务入兮㊸，又何芳之能祗㊹。固时俗之流从兮㊺，又孰能无变化。览椒兰其若兹兮，又况揭车与江离㊻。惟兹佩之可贵兮，委厥美而历兹㊼。芳菲菲而难亏兮㊽，芬至今犹未沬㊾。和调度以自娱兮㊿，聊浮游而求女。及余饰之方壮兮(51)，周流观乎上下。

注 释

①蔓茅：即旋花，一种多年生的茅草，可用于占卜，又称灵草。筳篿：筳，木棍，一说为竹片。篿，楚人用茅草加木棍或竹片的占卜方法的统称。隋唐以前折竹为卜，为篿本义。

②灵氛：神巫名。灵，神巫。占：占卜吉凶。

③曰：以下四句是灵氛的答语。一说"曰"字以下四句是屈原问卜之词。两美其必合：这里"两美"有象喻义，承上文"求女"而来，指男女匹合。其深层象喻意义则是指圣君贤臣的遇合，屈原作品经常以男女关系比喻君臣关系。

④九州：《书·禹贡》中称当时中国有冀、徐、梁、雍、兖、荆、扬、青、豫九州，而此处似为更加宽泛，与邹衍所言"赤县神州"之大九州说近。

⑤是：此处，这里，指楚国。一说指上文所云天地四方，即宓妃、简狄、二姚之所在。女：美女。承上文"求女"而来。

⑥曰：以下四句也是灵氛劝告作者的话。

⑦女：通"汝"，你。

⑧芳草：与上文"女"一样，都有象喻义，喻指贤人。

⑨故宇：指家园，旧居。宇，屋檐。

⑩眩曜：迷惑混乱。眩，一作"眩"。曜，通"耀"。

⑪党人：特指楚国谄上欺下的结党营私之徒。

⑫服：佩带。艾：白蒿，一种恶草。盈要：满腰。

⑬理：美玉。当：得当，得宜。

⑭苏：即"索"一音之转，有拾取义。帏：香囊。

⑮巫咸：古神巫名，史有其人，而后人加以神化。

⑯椒糈：以椒香拌和的精米，类似粽子。椒为香料。糈，精

米。要：同"邀"，迎候。

⑰翳：华盖。此处用作动词，遮蔽。备降：一同降临。

⑱九疑：即九嶷，山名，在湖南宁远县南。此指九嶷诸神。

⑲皇剡剡：皇，大。剡剡，光华四溢的样子。扬灵：显扬神灵。

⑳曰：以下至"使夫百草为之不芳"都是巫成劝告诗人的话。升降以上下：上天入地，周游四方，有寻找贤君知己之意。

㉑矩矱：即规矩、规约。矩，本指画直角或方形的工具，后引申为法度。矱亦指尺度。

㉒严：通"俨"，庄重，恭敬。合：匹合，这里指与自己志同道合的贤臣。

㉓挚咎繇：挚，商汤名臣伊尹。咎繇，舜臣，又作"皋陶"。

㉔媒：本指出使以通聘问之人。此指通达己意于君王左右的媒介、使臣。

㉕说：即傅说，殷时贤臣。操筑：版筑。操，持。筑，持土。傅岩：地名，傅说服贱役的地方，在今山西平陆县东。

㉖武丁：殷高宗，一代中兴之君。

㉗吕望：即姜子牙，晚年出仕，助武王破商，受封齐地。鼓刀：指运刀锬时虎虎有声。鼓，舞动。

㉘周文：周文王姬昌，韬光养晦，广求贤才，到儿子武王时一举实现灭殷大业。

㉙宁戚：卫人。《史记·鲁仲连邹阳列传》："宁戚饭牛车下，而桓公任之以国。"

㉚齐桓：春秋五霸之一，曾九次召令诸侯拱卫周室，并为盟主。该辅：征用以备辅佐之选。该，备。

㉛晏：晚。

㉜鹈鴂：鸟名，即子规、杜鹃，或作鶗鴂。

㉝琼佩：玉佩，这里象征美好的德行。琼，美玉。偃蹇：形容美盛的样子。

㉞薆然：遮蔽的样子。

㉟缤纷：这里形容时世纷乱混浊。

㊱茅：茅草，这里比喻谗佞小人。

㊲直：竟然。萧艾：贱草，这里比喻谗佞小人。萧即白蒿。艾，艾草，生于山原，茎直，色白，高四五尺，霜后始枯。

㊳兰：指子兰，乃怀王少子，襄王弟。一说此处"兰"并非实有所指，只是喻指变节之人。

㊴无实：徒有其表，缺乏内在实质。容长：外貌美好。容，外貌。长，华硕，美好。本句历来多认为有影射时事之意。

㊵从俗：追随世俗，与小人同流合污。

㊶椒：一种说法认为是影射当时楚国大夫子椒。另一种说法认为只是对于一班变节之人的比喻说法。慢慆：怠惰侠乐。

㊷樧：似茱萸而小，赤色。夫：于，乎。

㊸干进：即汲汲于进退之间。干，求。进，进身。务入：即务必求进，与"干进"同义。

㊹祗：尊敬，爱护。

㊺流从：如水流顺势而下，滔滔不返，比喻时俗盲目从众，不

辨是非。

㊻揭车与江离：借喻贤才之变节者。

㊼委：丢弃，这里是遭人抛弃的意思。历兹：到这步田地的意思，意即遭遇祸殃，以至于此。

㊽亏：亏损，消歇。

㊾沫：这里是香气消散的意思。

㊿调度：格调和法度。调，格调。度，法度。

51饰：佩饰，服饰，这里比喻年岁。壮：壮大，壮健，这里比喻年富力强。

译 文

取竹片、茅叶来卜筮啊，命灵氛为我占知。他说两种美好事物一定能会合啊，哪个真正美好的人不会招人思慕？想一想九州之地的广大啊，难道只有这里才有美女存在？他说勉力远走不要迟疑啊，哪个真心追求美好的人会把你放弃？哪里没有芬芳的花草啊，你为何必单恋旧居？世道昏暗使人迷乱啊，谁说能明察我心的善恶！人的好恶尺度有别啊，只有这些党徒们格外令人不可思议。家家户户将艾草挂满腰间啊，说幽谷香兰不能作佩饰。察考选用的草木都不得当啊，难道能公正地衡量玉石的美质？拾取粪土装满香囊啊，他们说大椒毫不芳馨。我打算听从灵氛吉祥的卜辞啊，心里却还怀疑彷徨。巫咸傍晚就要降临啊，我怀揣香粽前往迎候。众神遮天蔽日纷纷降临啊，九嶷山灵纷纷也来迎接。煌煌威灵神光特显啊，他们告诉我灵氛吉卜的缘故。我上天入地周游四方啊，只为寻求君臣间同心戮力。汤禹虔敬求索与己合德的贤臣啊，伊尹、皋陶得以与之调和共济。只要内心崇尚修洁啊，又何必用那使臣来进行沟通。傅说在傅岩操杵筑土啊，武丁任用他毫无猜疑。吕尚挥刀屠肉啊，遇到文王而得到重用。宁戚击牛角高歌啊，齐桓公听到后让其入朝辅弼。趁年龄还不算老大啊，时机还未尽失。唯恐鹈鴂早早啼叫啊，使花卉凋零黯淡了芳香。为何玉佩那么卓然高贵啊，人们却群起把它光芒遮蔽？只有这些党徒不诚信啊，恐怕会出于嫉妒将它摧折伤害。时代纷乱变幻莫测啊，又有什么理由长期逗留？兰草、白芷被同化而不香醇啊，荃、蕙变得与茅草无异。为什么曾经的香草啊，如今竟与白蒿、艾草同处一地！难道还有别的缘由吗？这是不喜好修洁带来的危害！我以为兰草可以依靠啊，却不知它华而不实只是外貌修顿。委弃它的美好而随波逐流啊，苟且偷生得以列入芳香花草的行列！椒专断谄佞飞扬跋扈啊，樧又想混进人们佩带的香囊里。既然一心只想钻营汲汲于名位啊，又怎能对芳华本有的品格抱有敬意？本来时俗就随大流啊，谁又能固持原则坚定不移。看到椒和兰也是这样啊，又何况揭车和江离？想到这佩饰如此可贵啊，它的美质遭人唾弃竟到如此田地。我的香囊芬芳浓郁难以消损啊，馨香至今还未散去。调节自我以求欢娱啊，姑且飘浮观览寻找知己。趁我恰当年富力强啊，巡行天地上下游历。

原　文

灵氛既告余以吉占兮，历吉日乎吾将行。折琼枝以为羞兮①，精琼䴡以为粻②。为余驾飞龙兮，杂瑶象以为车③。何离心之可同兮，吾将远逝以自疏④。遭吾道夫昆仑兮⑤，路修远以周流。扬云霓之晻蔼兮⑥，鸣玉鸾之啾啾⑦。朝发轫于天津兮⑧，夕余至乎西极⑨。凤皇翼其承旂兮⑩，高翱翔之翼翼。忽吾行此流沙兮，遵赤水而容与⑪。麾蛟龙使梁津兮⑫，诏西皇使涉予⑬。路修远以多艰兮，腾众车使径侍⑭。路不周以左转兮⑮，指西海以为期⑯。屯余车其千乘兮⑰，齐玉轪而并驰⑱。驾八龙之婉婉兮⑲，载云旗之委蛇⑳。

抑志而弭节兮㉑，神高驰之邈邈㉒。奏《九歌》而舞《韶》兮㉓，聊假日以媮乐㉔。陟升皇之赫戏兮㉕，忽临睨夫旧乡㉖。仆夫悲余马怀兮㉗，蜷局顾而不行㉘。

乱曰㉙：已矣哉，国无人莫我知兮，又何怀乎故都？既莫足与为美政兮㉚，吾将从彭咸之所居。

注释

①羞：同"馐"，美味。

②精：精细制作，去杂取纯。琼靡：玉屑，玉粒。粮：干粮。

③瑶象：珠玉象牙。瑶，美玉，一说似玉的美石。象，象牙。

④自疏：自我疏离，即离开楚国远行。

⑤邅：调转，转向。昆仑：古代神话传说中山名。

⑥晻蔼：遮天蔽日。

⑦鸾：通"銮"，马铃。啾啾：形容铃声如鸟鸣。

⑧天津：天河渡口。

⑨西极：最为辽远的西疆，传说为日落之处。

⑩翼：这里形容凤旗庄重严整的样子。承旂：指凤旗与龙旗随风飘展，交互掩映。承，相接，相连。旂，竿头系铃，绘有双龙缠斗图样的旗。

⑪遵：沿着。赤水：神话传说中水名。容与：徘徊。

⑫麾：举手号令。蛟龙：传说中龙的两种。梁津：即在渡口间架起浮桥。梁，浮桥。

⑬诏：告诉，这里有命令的意思。西皇：西方之神，传说为少皞。一指蓐收。少皞为西天之皇，蓐收则为西天之神使。

⑭腾：传言，告诉。径侍：径直侍候。径，径直，直接。侍，侍卫。

⑮不周：古代神话传说中山名。

⑯西海：古代神话传说中西部大湖名。

⑰乘：四马驾一车称乘。

⑱軑：车辖，即车轮与车轴固定在一起的插栓。

⑲婉婉：曲折蜿蜒。

⑳委蛇：形容车旗迎风飘舞的样子。

㉑抑志：按压或安定心志。弭节：停车。弭，止。节，车行的节度。

㉒邈邈：高远貌。

㉓《九歌》：上古乐曲名。《韶》：相传为夏启之乐舞。

㉔假日：假借时日。媮：一作"愉"解，愉悦。一作"偷"解，苟且。

㉕陟：上升，从低处往高处走，与"降"相对。皇：天。赫戏：辉煌隆盛貌。

㉖睨：斜视。旧乡：即楚国。

㉗仆夫：为诗人驾车的人。怀：眷恋，思念。

㉘蜷局：拘挛回环，徘徊不前。

㉙乱：楚辞篇末结束全篇的标志称为乱，与结束曲、尾声相似。

㉚美政：指作者心目中的理想政治。

译 文

灵氛已告诉我吉祥的卦辞啊，选好良辰我即将出行。攀折琼枝当作美味啊，精制玉屑作为点心。为我驾起奔腾的龙车啊，珠玉象牙缀饰车身。离心离德如何能同归一途啊，我将远走离开故国。调转车头我取道昆仑啊，路途遥远绕四方巡行。张扬云霓旌旗遮天蔽

日啊，玉铃啾啾作响发出清鸣。早上由天河渡口出发啊，晚上我要到达日落的西方。凤旗庄严肃穆连绵不断啊，高高飞翔凌空舒展。我快行走到流沙地带啊，沿赤水岸边徘徊不前。指挥蛟龙在渡口间架起浮桥啊，命少皞帮我涉险过关。路途遥远艰险重重啊，传令众车径直侍候身边。路经不周山转而向左啊，遥指西海作相会地点。聚集我的车队足有千驾啊，使玉轮一起并驾齐驱。驾乘八匹龙马蜿蜒飞驰啊，载着迎风飞舞的绘有云霓的旗帜。气定神闲徐缓前进啊，神思飞扬超越无边。弹奏《九歌》应和《韶》乐而舞啊，姑且借这辰光娱乐身心。登临光明浩大的苍天啊，忽然向下一瞥看到楚地故园。车夫悲伤我马哀恋啊，徘徊不前无限顾念。

尾声：算了吧，国中没有贤士，无人理解我啊，又何必苦苦眷恋我的故国？既然没有谁能与我一起致力于政治革新啊，我将追随彭咸到他栖息的居所。

九　歌

东皇太一

原　文

吉日兮辰良①，穆将愉兮上皇②。抚长剑兮玉珥③，璆锵鸣兮琳琅④。

注　释

①辰良："良辰"的倒文，为押韵之故。好时光。

②穆：恭敬。愉：娱乐。上皇：天帝，指东皇太一。

③珥：即剑珥，剑鞘出口旁像两耳的突出部分，又叫剑鼻。

④璆：美玉。锵：金属发出的音响。琳琅：美玉名。

译　文

吉祥的日子啊美好时刻，恭敬地取悦啊天上的帝王。手抚长剑啊玉石为珥，身上玉佩啊锵锵相鸣。

原　文

瑶席兮玉瑱①，盍将把兮琼芳②。蕙肴蒸兮兰藉③，奠桂酒兮椒浆④。

①瑶席：装饰华美的供案。瑶，美玉。席，此为呈献美玉的供案。玉瑱：玉器。瑱，通"镇"。

②盍：通"合"，会集。琼芳：美好的芳香植物。琼，本义美玉，引申为美好。

③蕙肴：与"桂酒"相对。即用蕙草包裹的佳肴。蕙为香草名，又名薰草。蒸：姜亮夫《屈原赋校注》认为当作"荐"，即进献；而且应置于"蕙肴"之前，印此句应为"荐（蒸）蕙肴兮兰藉。"这样与下句"奠桂酒兮椒浆"结构完全相称。兰藉：垫在祭食下的兰草。兰，香草名。藉，古时祭礼朝聘时陈列礼品用的草垫。

④桂酒：用桂花泡制的酒。椒浆：用椒泡制的酒浆。桂、椒都是香料。

译 文

献祭供案上啊放着宝瑱，还摆上成把啊芳香的植物。蕙草包裹着祭品啊下面垫有兰叶，桂椒泡制酒浆啊敬献上神。

原 文

扬枹兮拊鼓①。疏缓节兮安歌，陈竽瑟兮浩倡②。

注 释

①枹：击鼓槌。拊：轻轻敲打。

②竽瑟：都是古代乐器。竽，古吹奏乐器，笙类中较大者，管乐，有三十六簧。瑟，古弹拨乐器，琴类，弦乐，其形制颇多异说。浩倡：声势浩大。倡，一作"唱"。

译文

祭巫举起鼓槌啊轻轻敲击鼓面。鼓节舒缓啊歌声安闲，竽瑟齐鸣啊声势震天。

原文

灵偃蹇兮姣服[1]，芳菲菲兮满堂。五音纷兮繁会[2]，君欣欣兮乐康[3]。

注释

[1]灵：代表神的巫者。偃蹇：形容巫师优美的舞蹈姿态。一称美盛貌，即美好众多的样子。

[2]五音：宫、商、角、徵、羽合称五音。繁会：音调繁杂，交会在一起。

[3]君：指东皇太一。

译文

巫师翩翩起舞啊衣服亮丽，祭殿芳香馥郁啊让人心旷神怡。乐声纷繁啊众音交会，天帝喜悦啊安乐无边。

云中君

原文

浴兰汤兮沐芳[1]，华采衣兮若英。灵连蜷兮既留[2]，烂昭昭

35

兮未央③。

注释

①浴：洗身体。兰汤：煮兰为汤。汤即洗浴用的热水。沐：洗头发。芳：白芷。

②灵：即云中君，这里指扮月神的巫。连蜷：形容身姿娇健美好的样子。

③烂昭昭：指天色微明。昭昭，光明，明亮。未央：未尽，未已。央，极，尽。

译文

主祭者用芳香兰汤浴身啊以白芷水洗发，穿上华美的五彩衣裳啊芬香宜人绚丽如花。神灵附身啊巫师身姿美好而让人流连，天色微明啊夜犹未尽。

原文

蹇将憺兮寿宫①，与日月兮齐光。龙驾兮虎服②，聊翱游兮周章。

注释

①蹇：发语词。憺：安居。寿宫：供神之宫。

②龙驾：用龙拉的车。驾，把车套在马等牲口身上。虎服：驾着虎。服，车右边所驾之物。

译文

月神将要安居啊在那寿宫，那里灯火通明啊如日月同辉。月神乘着龙车啊鞭策着虎，在空中回旋飞翔啊周游盘桓。

原文

　　灵皇皇兮既降①，猋远举
兮云中②。览冀州兮有余③，
横四海兮焉穷④。

注释

　　①灵：指云中君。皇皇：
同"煌煌"，指云中君下降时
神光灿烂盛明的样子。

　　②猋：迅速前行。云中：
云霄之中，高空，常指传说中
的仙境。这里指云中君原来居
住的地方。

　　③冀州：古九州之一。有余：还有其他的地方。这里指所望之
远，不止此一州。

　　④横：遍及。四海：指中国以外的地方。焉穷：哪有穷尽。
焉，安，何。穷，尽，完。

译文

　　月神光明灿烂啊已经降临，既而疾人云霄啊远远高翔。俯瞰冀
州啊还有其他所在，光芒照耀九州啊直到宇外八荒。

原文

　　思夫君兮太息①，极劳心兮忡忡②。

注 释

①夫：与"此"相对，即"彼"。君：指云中君。

②忡忡：形容忧愁的样子。

译 文

月神啊！我如此思念你啊不由悠声长叹，每日忧心百转啊神思不安。

湘 君

原 文

君不行兮夷犹①，蹇谁留兮中洲②？美要眇兮宜修③，沛吾乘兮桂舟④。令沅湘兮无波⑤，使江水兮安流⑥！望夫君兮未来⑦，吹参差兮谁思⑧！

注 释

①君：指湘夫人。行：动身走来，即赴湘君之约。夷犹：犹豫，迟疑不前。

②蹇：楚国方言，发语词。

③要眇：形容姿态美好。宜修：修饰合宜。

④沛：形容迅疾的样子。吾：我，湘君自谓。桂舟：用桂木造的船。后亦用作对船船的美称。

⑤沅湘：水名。沅水源出贵州，穿过湖南西部，流入洞庭湖。湘水源出广西，穿过湖南东部，流入洞庭湖。

⑥江水：指长江。一说即指沅、湘之流水。

⑦夫君：犹彼君，这里指湘夫人。

⑧参差：一作"篸篸"，洞箫的别名。谁思：谁会知道。

译文

你犹犹豫豫啊终未赴约，究竟为谁驻留在啊你居住的水洲？我已修饰停当啊容仪美好，乘上轻快桂舟啊赶到这里守候。我叫沅湘之水啊不要掀起波浪，让那水流啊能够舒缓向前。我望了又望啊还是不见你的丽影，只有吹起排箫啊谁能听懂我的哀伤？

原文

驾飞龙兮北征①，遭吾道兮洞庭②。薜荔柏兮蕙绸③，荪桡兮兰旌④。望涔阳兮极浦⑤，横大江兮扬灵⑥。

注释

①飞龙：即上文之"桂舟"，以龙引舟（或舟形似龙，舟行如龙飞），故曰"飞龙"。

②遭：回转，绕道。洞庭：即今洞庭湖。

③薜荔柏：用薜荔编织的帘子。薜荔，植物名，又称木莲。柏，通"箔"，帘子，船屋的门窗上所挂。蕙绸：以蕙草织为帷帐。蕙，香草名。绸，通"帱"，或作"裯"，印床帐。

④荪桡：缠绕以荪草的船桨。兰旌：以兰草为旌旗。兰，兰草。旌，古代用牦牛尾或兼五彩羽毛饰竿头的旗子。

⑤涔阳：地名，即涔阳浦，在今湖南省涔水北岸，澧县附近，

地处洞庭湖西北岸与长江之间。一说在郢都附近。极浦：遥远的水滨。

⑥扬灵：划船前进。灵，通"舲"，一种有舱有窗的船。

译　文

驾着龙舟啊直向北行，折转路线啊取道洞庭。薜荔为帘啊蕙草当帐，荪草绕桨啊兰草为旗。远远望见涔阳啊在那遥远水滨，继续横渡大江啊划船找寻。

原　文

扬灵兮未极，女婵媛兮为余太息①。横流涕兮潺湲②，隐思君兮陫侧③。桂棹兮兰枻④，斲冰兮积雪⑤。采薜荔兮水中，搴芙蓉兮木末⑥。心不同兮媒劳，恩不甚兮轻绝！石濑兮浅浅⑦，飞龙兮翩翩。交不忠兮怨长，期不信兮告余以不闲。

注　释

①女：湘夫人的侍女。婵媛：忧愁悲怨。

②潺湲：形容流淌的样子。这里是就流泪而言。

③隐：忧痛。陫侧：即"悱恻"，悲痛的意思。

④桂棹：桂木做的船桨。棹，船桨。兰枻：兰木做的船舷。兰，这里指木兰，香木名。

⑤斲冰：在激流中行船，波浪翻滚，水花四溅的景象。这里"冰"、"雪"是对流水的比喻说法。积雪：比喻浪花翻腾，清澈洁白。

⑥"采薜荔"以下两句：这两句比喻采择非于其地，枉劳无益。薜荔，缘树而生的香草。搴，拔取，采取。芙蓉，荷花。木

末，树梢。

⑦石濑：沙石间的浅水滩。浅浅：水流迅疾的样子。

译文

我驱舟前进啊未能与你相遇，你身边的侍女也忧愁悲怨啊不禁为我长长叹息。眼泪奔泻而出啊犹如泉涌，痛苦地思念你啊心情多么悲伤。桂木为桨啊木兰为舷，劈波斩浪啊水花飞溅。就像到水中啊采摘薜荔，爬到树梢啊采摘荷花。两人心意不同啊媒人说合也无意义，恩情不深啊就会轻易弃绝。沙石间江水啊在快速流淌，我的龙船啊在水上飞快前行。两人交往不能推心相爱啊难免怨恨绵长，约期相会不守信用啊却告诉我没有闲暇。

原文

鼌骋骛兮江皋①，夕弭节兮北渚②。鸟次兮屋上③，水周兮堂下④。

注释

①鼌：通"朝"，早晨。骋骛：疾驰，奔腾。这里指行船而言。江皋：江岸，江边高地。

②弭节：停船。北渚：洞庭湖北岸的小洲。

③次：止宿，留宿超过两天。屋上：迎神用的屋子。

④堂：坛，一种方形土台，这里指祭坛。

译文

早晨行船到江岸高地上啊把你寻找，傍晚一无所获啊重回北岸。但见鸟儿栖宿啊在屋顶之上，水流环绕啊在祭坛下边。

原文

捐余玦兮江中①，遗余佩兮醴浦②。采芳洲兮杜若③，将以遗兮下女④。时不可兮再得，聊逍遥兮容与⑤。

注释

①捐：舍弃。玦：古时佩戴的玉器，环形，有缺口，常用作表示决断、决绝的象征物。

②佩：古代系于衣带的装饰品，常指珠玉之类。醴浦：澧水之滨。澧水经澧县入湖一段，正在长江与洞庭之间。醴，通"澧"，水名，是今湖南省境内流入洞庭湖的大河。

③杜若：香草名，又名山姜，古人谓服之"令人不忘"。

④遗：赠送。下女：即前文所说湘夫人的侍女。

⑤逍遥：徜徉，缓步行走的样子。容与：义与"逍遥"接近。

译文

我把玉玦啊投到江水之中，把玉佩啊丢在醴水之滨。我在芳草丛生的水洲啊采摘杜若，准备送给啊她的侍女。时间一去啊再不复返，暂且漫步啊排遣忧愁。

湘夫人

原 文

帝子降兮北渚①，目眇眇兮愁予②。嫋嫋兮秋风③，洞庭波兮木
叶下。

注 释

①帝子：湘夫人。上古“子”既可称儿子，又可称女儿。北
渚：指靠近洞庭湖北岸的小洲。

②眇眇：瞻望弗及，望眼欲穿之貌。愁予：忧愁。予，通“忬”，
《说文·心部》：“忬，忧也。”

③嫋嫋：又作“袅袅”，本义柔弱曼长貌，这里指微风徐徐吹
拂的样子。

译 文

湘夫人以帝子之尊啊降临洞庭湖北岸的小洲，远寻湘君身影啊
望眼欲穿悲痛忧伤。萧瑟的秋风啊徐徐吹拂，洞庭湖波涛涌起啊，
树叶纷纷飘落。

原 文

白薠兮骋望①，与佳期兮夕张②。鸟萃兮蘋中③，罾何为兮木上④。

注 释

①白薠：水草名。骋望：放眼远望。

②与：古多训"为"。佳期：男女约会的日期。佳，美，美好。期，会，会合。夕：傍晚，日暮。张：陈设，布置。

③萃：聚集，汇集。蘋：植物名，多年生草本，生浅水中。

④罾：用木棍或竹竿做支架的方形渔网，形似伞。鸟当止于木上，丽集于水中；罾当施于水中而置于木上，二物所施不得其所，喻心意难达，与《湘君》之"采薜荔兮水中，搴芙蓉兮木末"用意相同。

译文

在白蘋丛中啊放眼远望，为约会的美好时刻啊早已准备停当。但鸟儿怎会聚集在啊水蘋之中，渔网怎会挂在啊树梢之上？

原文

沅有茝兮醴有兰①，思公子兮未敢言②。荒忽兮远望，观流水兮潺湲③。

注释

①茝：香草名，即白芷。

②公子：指湘君。未敢言：不敢说出来，指蕴藏在内心而无法倾吐的深情。

③潺湲：水缓缓流淌的样子。

译文

沅水生有白芷啊醴水长着兰草，我思念您啊却不敢说出来。我神思迷惘啊向远处眺望，却只见那流水啊缓缓流淌。

原文

麋何食兮庭中①? 蛟何为兮水裔②? 朝驰余马兮江皋，夕济兮
西澨③。闻佳人兮召予④，将腾驾兮偕逝⑤。

注释

①麋：哺乳动物，毛淡褐色，雄的有角，角像鹿，尾像驴，蹄
像牛，颈像骆驼，但从整体上来看哪一种动物都不像，故又俗称
"四不像"。

②蛟：古代传说中的一种龙。水裔：水边。

③澨：水滨。

④佳人：爱人，即湘君。

⑤腾驾：传车马急驰飞奔。偕逝：一同前往。

译文

麋鹿为什么啊在庭堂上吃草，蛟龙为什么啊被困水边? 早晨我
纵马啊奔驰在江岸，傍晚我渡过啊西边水滨。一旦听到爱人啊召唤
我的声音，我就急驰飞奔啊和他一同高飞远去。

原文

筑室兮水中①，葺之兮荷盖②。荪壁兮紫坛③，匤芳椒兮成堂④。
桂栋兮兰橑⑤，辛夷楣兮药房⑥。罔薜荔兮为帷⑦，擗蕙櫋兮既张⑧。
白玉兮为镇⑨，疏石兰兮为芳⑩。芷葺兮荷屋⑪，缭之兮杜衡⑫。合
百草兮实庭，建芳馨兮庑门⑬。九嶷缤兮并迎⑭，灵之来兮如云⑮。

注释

①室：古代称堂后为室。

②葺：用茅草覆盖房屋，亦泛指覆盖。

③荪壁：以荪草装饰墙壁。紫坛：用紫贝砌成的中庭的地面，取其坚滑而有光彩。紫，"紫贝"的简称，水产的宝物。

④匽芳椒兮成堂：谓两手掬椒泥以涂堂室。匽，"播"的古字，当为"匊"字形误，即后世"掬"字。芳椒，植物名。椒，实多而香，故名"芳椒"。堂：坛，一种方形土台，这里指祀神之殿堂中的祭坛。

⑤桂栋：桂木作的梁栋。栋，房屋正中最高的大梁。兰橑：用木兰做的椽子，亦作为椽子的美称。橑，搭在栋旁的木条，以承载瓦的重量，又叫椽或榱。

⑥辛夷楣：用辛夷做的房屋的次梁。辛夷，植物名，此指辛夷树或其花。辛夷树属木兰科，落叶乔木，高数丈，木有香气。今多以"辛夷"为木兰的别称。楣，房屋的次梁。药房：以白芷饰房。药，即白芷。房，古人称堂后曰室，室之两旁曰房。

⑦罔：同"网"，绳索交叉编结而成的渔猎用具。这里释为"编结"。薜荔：植物名，又称木莲。帷：以丝帛制作的环绕四周的遮蔽物。泛指起间隔、遮蔽作用的悬垂的丝帛制品。

⑧擗：分开，裂开。蕙：蕙草做的隔扇。櫋，隔扇。

⑨镇：用重物压在上面，向下加重量。亦指压东西的用具。

⑩疏：放置。石兰：香草名，蔓延于山石上，叶如苇而柔韧，亦名石苇。芳：闻一多《楚辞校补》疑为"防"之误。《本草》："防风，一曰屏风。""防"与"屏"音近。上句言"白玉"压席，此句言以石兰为床头的屏风。

⑪芷茸：以白芷覆盖的屋顶。芷，香草名，即白芷。茸，指加盖。

⑫杜衡：香草名，即杜若，叶似葵，形似马蹄，俗名"马蹄香"。

⑬芳馨：犹芳香，也借指香草。庑：堂下周围的走廊、廊屋。

⑭九嶷：山名，在湖南省宁远县南。此借指九嶷山诸神。并：共同，一起。

⑮灵：指扮神的女巫。如云：形容盛多。

译文

我们将在水中啊筑起房屋，用荷叶啊来做房顶。以苏草装饰墙壁啊用紫贝来铺地面，用芳椒和泥啊涂抹祭坛。以桂木为栋啊用兰木做椽，用玉兰为次梁啊用白芷装饰侧房。编结薜荔啊做成帷帐，蕙草成隔扇啊放置停当。使用白玉啊压住睡席，放下石兰啊为床前屏风。白芷加盖啊荷叶为屋，周围环绕啊还有杜衡。汇集香草啊装满庭院，门旁廊下啊充满芳香。九嶷山神啊纷纷前来恭贺新宅，众神降临啊齐集如云。

原文

捐余袂兮江中①，遗余褋兮醴浦②。搴汀洲兮杜若③，将以遗兮远者④。时不可兮骤得，聊逍遥兮容与！

注释

①袂：衣袖。

②褋：禅衣，即无里之衣，指贴身穿的汗衫之类。醴浦：澧水之滨。此处与《湘君》"捐玦"、"遗佩"之意同。

③搴：采摘，折取。汀：水之平，引申为水边平地，小洲。杜若：香草名。

④遗：赠予。远者：指湘君。

译文

我把衣袖啊丢在江水之中，将禅衣啊扔向澧水之滨。我到水边小洲上啊采摘杜若，准备下次再见时送给啊远方爱人。美好时光啊不易碰到，只有暂且漫步啊独自排遣忧伤！

大司命

原文

广开兮天门，纷吾乘兮玄云①。令飘风兮先驱②，使〖XC东.TIF,JZ〗雨兮洒尘③。

注释

①吾：我，大司命自称，其应出于扮演大司命的主巫之口。玄云：黑云，浓云。一说青云。

②飘风：旋风，暴风。

③冻雨：暴雨。洒尘：洒水洗尘，用来清洗道路。

译文

完全敞开啊天宫大门，我从天门出发啊足下踩踏青云。我让旋风啊在前开路，又令暴雨啊清洗道路灰尘。

原文

君迥翔兮以下①，踰空桑兮从女②。

注释

①君：指大司命。迥翔：盘旋飞翔。

②空桑：传说中的山名，产琴瑟之材。女：通"汝"，你，此处当指众巫。

译文

您在天上盘旋飞翔啊降临下界，越过空桑山啊来到众巫中间。

原文

纷总总兮九州①，何寿夭兮在予！

注释

①九州：中国古代分为九州，此泛指天下，全中国。

译文

人数众多啊九州的众民，为什么生老病死啊全掌握在我手中！

原文

高飞兮安翔，乘清气兮御阴阳①。吾与君兮斋速②，导帝之兮九坑③。

注释

①阴阳：阴、阳是我国古代哲学思想中两个相对的基本概念，用它们可以表示一切对立的事物。"御阴阳"和"寿夭在予"为同义语，都是控制人类生死之意。

②吾：主祭者自称。君：指大司命。斋：郭在贻《楚辞解诂》认为是"齐"字之讹，即谨畏虔敬之貌。

③帝：天帝。之：往，至。九坑：九州之山。坑，山脊。

译文

大司命高高飞起啊从容翱翔，驾乘清明之气啊主宰死生阴阳。我主巫恭敬虔诚啊为您大司命作向导，迎接您来到啊这天帝创造的九州之地。

原文

灵衣兮被被①，玉佩兮陆离②。壹阴兮壹阳③，众莫知兮余所为④。

注释

①灵衣：神灵的衣裳。被被：长大貌。

②玉佩：古人佩挂的玉制装饰品。

③壹阴兮壹阳：犹言或阴或阳，阴代表死亡，阳代表生存。

意谓大司命能执掌生死。

④众：指一般世俗的人。余：我，大司命自称。

译文

云霞之衣啊长长委落，佩带的玉饰啊绚烂错综。生存啊与死亡，世间人哪知道啊都由我掌握。

原文

折疏麻兮瑶华①，将以遗兮离居②。老冉冉兮既极，不寖近兮愈疏③。

注释

①疏麻：传说中的神麻，常折以赠别。瑶华：神麻的花朵。

②离居：巫称即将离去的大司命。

③寖：逐渐。

译文

我折取神麻啊那白玉般的花朵，准备送给啊那即将离去的神灵。我人已渐渐啊走人暮年，如果再不亲近神灵啊就会逐渐疏远。

原文

乘龙兮辚辚①，高驰兮冲天②。结桂枝兮延伫③，羌愈思兮愁人④。

51

愁人兮奈何，愿若今兮无亏。固人命兮有当⑤，孰离合兮可为？

注释

①乘龙：乘坐用龙驾驶的车。辚辚：车行声。

②驼：同。"驰"，飞驰。

③延伫：长久站立。延，长久。

④羌：句首发语词。

⑤"固人命"以下两句：指人的生命和悲欢离合都操纵在神的手中，只有安于现状，以求神的眷顾。这是神巫祭祀大司命后的感叹之词。固，乃。人命，人的生命、命运。有当，有定数。离合，分离与团圆。这里指人与神的离合。为，做。

译文

　　大司命驾乘龙车啊车声辚辚，它飞腾而起啊直入云天。我手执编织好的桂枝啊在原地久久伫立，越来越思念他啊愁心百结。愁心百结啊又能怎样？宁可保持现状啊没有缺损。人的生死啊本来就有定数，面对人神的离合啊谁又能做什么？

少司命

原文

　　秋兰兮糜芜①，罗生兮堂下②。绿叶兮素枝③，芳菲菲兮袭予④。夫人自有兮美子⑤，荪何以兮愁苦⑥！

注 释

①糜芜：香草名。糜，通"蘼"，芎蒡幼苗的别称。

②堂下：厅堂阶下，此处指祭堂之下。

③素枝："枝"应作"华"。素华，白色的花。

④予：我，为群巫自称，与两司命无关。

⑤夫：那。美子：对他人子女的美称。子，子女。

⑥荪：香草名，这里是对少司命的美称。

译 文

秋兰啊蘼芜，分散生长在啊厅堂台阶下。碧绿的叶子啊白色的花朵，浓郁的芳香啊沁染着我。世间人都会有啊美好的子女，您又为什么啊忧虑担心！

原 文

秋兰兮青青①，绿叶兮紫茎。满堂兮美人②，忽独与余兮目成③。人不言兮出不辞，乘回风兮载云旗。悲莫悲兮生别离，乐莫乐兮新相知。

注 释

①青青：通"菁菁"，草木茂盛的样子。

②美人：与"美子"相应，指出众美好的人。这里应是以参与祭祀的众巫来代指人间的女性。

③余：我，据上下文意，应即少司命。目成：通过眉目传情来结成亲好。此处指少司命与群巫情谊融洽，堂上虽然有众多美好的人，但众巫还是把眼光投向少司命。

秋兰啊如此繁茂，它有绿叶啊和紫色花茎。厅堂之中啊有众多美好之人，但她们突然看到我啊就以目光传达友好。悄悄降临啊她又总是不辞而行，凭依疾风啊张扬云旗。世上最伤心的事啊莫过于活着的时候分离，最开心的事啊莫过于结交新的知己。

原 文

荷衣兮蕙带，儵而来兮忽而逝①。夕宿兮帝郊，君谁须兮云之际②？

注 释

①儵：迅疾。

②君：少司命。须：等待。

译 文

以荷为衣啊腰围蕙带，来去迅速啊转瞬即逝。傍晚在天国郊野啊停歇住宿，您在等待谁啊在那遥远天际？

原 文

与女游兮九河①，冲风至兮水扬波。与女沐兮咸池②，晞女发兮阳之阿③。望美人兮未来④，临风怳兮浩歌⑤。

注 释

①"与女游"以下两句：疑是《河伯》中语，应删去。

②女：通"汝"，你。沐：洗头发。咸池：神话中的天池，日浴之处。

③晞：干，晒干。阳之阿：阳谷，乃日出之处。阿，曲隅，指

屈曲偏僻之处。

④美人：指少司命。

⑤忳：心神不定，失意的样子。浩歌：大声歌唱。

译 文

我多想与您啊在天河中畅游，但暴风来临啊水中掀起巨浪。多想陪您啊在天池中清洗秀发，到那日出的地方啊把它晒干。不停张望啊您始终未回，失意的我伫立风中啊忍不住以歌解忧。

原 文

孔盖兮翠旍①，登九天兮抚彗星②。竦长剑兮拥幼艾③，荪独宜兮为民正④。

注 释

①翠旍：亦作"翠旌"，用翡翠鸟羽毛制成的旌旗。

②九天：天极高处。古代传说天有九重，故称"九天"。彗星：绕太阳运行的一种星体，后曳长尾，呈云雾状，俗称"扫帚星"。

③竦：执，持。幼艾：泛指少年男女。

④荪独宜：即"独荪宜"，只有您才适合。荪，对神的敬称。宜，合适，适宜。民正：人民的命运主宰。

译 文

您以孔雀羽为车盖啊以翡翠羽为旌旗，登上高天啊安抚彗星。您手拿长剑啊保护幼童，只有您才有资格啊成为我们命运的主宰。

东 君

原 文

暾将出兮东方①，照吾槛兮扶桑②。抚余马兮安驱③，夜皎皎兮既明④。

注 释

①暾：形容旭日初升的样子，又可指代太阳。

②吾：主祭者自称。槛：栏杆。扶桑：神话中树名。传说日出于扶桑之下，拂其树杪而升，因谓为日出处，此亦可代指太阳。

③余：主祭者自称，这里是其代神立言。

④皎皎：同"皦皦"，形容明亮的样子。

译 文

温暖明亮的太阳啊即将从东方升起，照耀着我门前的栏杆啊光芒出自扶桑。轻拍胯下的马儿啊缓步徐行，夜色渐渐散去啊即将天亮。

原文

驾龙辀兮乘雷①，载云旗兮委蛇②。长太息兮将上③，心低徊兮顾怀。

注释

①龙辀：即龙驾的车。辀，车辕，这里代指车。乘雷：指车声隆隆似雷。

②委蛇：指周围用作旗子的云彩飘动舒卷的样子。

③太息：长声叹息。此为将日神拟人化的描写。

译文

驾着我的龙车啊车声隆隆如雷，云彩为旗高高举起啊飘动舒卷。我长长地叹息啊即将升起，却又犹豫迟疑啊心中眷念故居。

原文

羌声色兮娱人①，观者憺兮忘归②。

注释

①羌：楚国方言，发语词。声色：指日出时的奇景。

②憺：安乐。

译文

日出景象光辉灿烂啊令人欣喜，观看的人群怡然自得啊留连忘返。

原文

緪瑟兮交鼓①，箫钟兮瑶簴②。鸣篪兮吹竽③，思灵保兮贤姱④。

翩飞兮翠曾⑤，展诗兮会舞⑥。应律兮合节，灵之来兮蔽日⑦。

注释

①絙瑟：张紧瑟上的弦。絙，原指粗绳索，此处引申为绷紧、急促的意思。交鼓：古人悬鼓于架，多二人对击，故曰交鼓。

②箫：本指一种竹制管乐器，此处意为敲击。钟：古代乐器，青铜制，悬挂于架上，以槌叩击发音，祭祀或宴飨时用，战斗中亦用以指挥进退。瑶：应为"摇"，使动摇。簴：通"虡"，悬挂钟磬的木架两侧的立柱。

③竾：通"篪"，一本即作"箎"，古代管乐器的一种。竽：古代竹制簧管乐器，与笙相似而略大。

④灵保：神巫。贤姱：既贤且美。

⑤翩飞：飞翔。翠：鸟名。一说"翠曾"应作"卒翾"，迅速高飞的意思。曾：通"翱"。举起翅膀，飞举。

⑥展诗：赋呈或吟唱诗歌。会舞：指合舞，群舞。一说指歌声舞节相配合。

⑦灵：指其他神灵。蔽日：遮蔽日光，极言侍从众多。

译文

绷紧瑟弦啊对敲乐鼓，敲击铜钟啊震动钟架。吹响横篪啊吹奏竽笙，思念神灵啊他既贤又美。飞翔而下啊如翠鸟展翅高举，神人同唱歌诗啊一齐跳舞。应着音乐旋律啊和着节拍，神灵纷纷前来啊遮天蔽日。

原文

青云衣兮白霓裳①，举长矢兮射天狼②。操余弧兮反沦降③，援北斗兮酌桂浆④。撰余辔兮高驼翔⑤，杳冥冥兮以东行⑥。

注释

①白霓裳：以白霓为裳（下装）。

②矢：箭，以木或竹制成。天狼：星名，天空中非常明亮的一颗恒星，属于大犬座，古以为主侵略。一说以天狼比喻秦国。

③余：东君自谓。弧：木弓，亦为弓的通称。沦降：坠落，这里指日渐西下。

④北斗：北斗七星，其形似舀酒酒勺，故有此比喻。酌：斟酒。桂浆：以桂制成的酒浆，意即美酒。

⑤撰：持，握。余：东君自谓。辔：缰绳。高驼翔：高驰飞翔。驼，同"驰"。

⑥杳：幽深。冥冥：昏暗。

译文

我以青云作衣啊以白虹为下裳，举起手中长箭啊射杀凶残天狼。手持我的木弓啊准备返回西方，端起北斗七星啊让它斟满醇香酒浆。握紧手中马缰啊向上高高飞翔，穿越幽黑长夜啊我将再次奔向东方。

河 伯

原文

与女游兮九河①，冲风起兮横波。乘水车兮荷盖，驾两龙兮骖螭②。

少
年
读
**楚
辞**

注　释

①女：通"汝"，你。九河：黄河下游河道的总名。传说禹治河，至兖州，为防止河水流溢，把它分成"徒骇"、"太史"、"马颊"、"覆釜"、"胡苏"、"简"、"洁"、"钩磐"、"鬲津"九道，徒骇在北，为主河道，其余都在东南，成为并行东注的八条支流，相距各大约二百里。

②驾两龙：指河伯以两条龙为自己拉车。骖：古人用四匹马驾车，辕内两匹为"服"，辕外为"骖"。这里用作动词，驾驭，乘。螭：古代传说中无角的龙。

译　文

和你一起游览啊观赏九河，暴风搅动水流啊生成巨涛。我们以水为车啊荷叶为那车盖，两条神龙驾车啊螭龙在旁。

原　文

登昆仑兮四望①，心飞扬兮浩荡②。日将暮兮怅忘归③，惟极浦兮寤怀④。

注　释

①昆仑：古代神话传说中山名。

②飞扬：心情舒展，思绪飘飞。浩荡：这里形容意绪放达，无拘无束。

③怅：姜亮夫《屈原赋校注》认为"怅"为"憺"字之讹，即安乐。

④惟：思念。极浦：遥
远的水滨。寤怀：睡不着而怀
念，犹言日夜想念。

译 文

登上昆仑神山啊极目四
望，我心被这壮阔的水势啊深
深激荡。太阳即将落山啊乐不
知返，我还思念那遥远水滨啊
难以入梦。

原 文

鱼鳞屋兮龙堂①，紫贝阙兮朱宫②，灵何为兮水中③？

注 释

①鱼鳞屋：以鱼鳞造屋，取其光彩闪耀。龙堂：以龙鳞装饰
之堂。

②紫贝阙：以紫贝做宫门。紫贝，也称文贝、研螺，海中软体
动物名。壳圆质洁白，有紫色斑纹，大者至尺许。阙，宫门，城门
两侧的高台，中间有道路，台上起楼观。朱宫：亦作"珠宫"，意
即以珍珠为宫殿，与"贝阙"对应。

③灵：神灵，指河伯。

译 文

以鱼鳞造房啊龙鳞装饰厅堂，紫贝修饰宫门啊珍珠做成宫殿，
神灵您为什么啊停留在水中？

少年读楚辞

原文

乘白鼋兮逐文鱼①。与女游兮河之渚②，流澌纷兮将来下③。

注释

①鼋：大鳖，俗称癞头鼋。文鱼：有花纹的鱼，或即鲤鱼。

②渚：小洲，水中的小块陆地。

③澌：解冻时流动的冰。纷：这里形容河水解冻时水势盛大。

译文

驾乘白色大鼋啊五彩鲤鱼跟随。我和你游玩啊在那河中小洲，冰块纷纷解冻啊顺势奔流向前。

原文

子交手兮东行①，送美人兮南浦②。波滔滔兮来迎，鱼鳞鳞兮媵予③。

注释

①子：指河伯。交手：拱手，即告别之意。

②美人：指河伯。浦：水边，河岸。

③鳞鳞：通"粼粼"，比次相连，形容众多。媵：送别。予：我，主人公自称，似指祭祀河伯的巫者。

译文

您拱手告别啊要向东而行，我特意送您啊到南方水边。滔滔波浪啊奔涌来迎，众多鱼儿啊向我道别。

山 鬼

若有人兮山之阿①，被薜荔兮带女罗②。既含睇兮又宜笑③，子慕予兮善窈窕④。乘赤豹兮从文狸⑤，辛夷车兮结桂旗。被石兰兮带杜衡⑥，折芳馨兮遗所思。

注 释

①阿：山的弯曲处。

②被：同"披"。带：用以约束衣服的狭长或扁平形状的物品，古代多用皮革、金玉、犀角或丝织物制成。此处用作动词。女罗：植物名，即松萝，多附生在松树上，成丝状下垂。或说即菟丝。

③含睇：含情而视。睇，微微斜视。宜笑：适宜于笑，指笑时很美。

④子：山鬼对所思之人的称呼。予：我，山鬼自称。窈窕：娴静、美好的样子。

⑤赤豹：毛呈赤色，有黑色斑点的豹。文狸：毛色有花纹的狸猫。

⑥石兰：香草名。杜衡：即杜若。

译 文

隐隐约约有人啊在那山的拐弯处，身披薜荔啊腰间系着松萝。我美目含情啊微笑美好，您爱慕我的姿态啊娴静美好。我驾赤豹出行啊后有花狸跟随，车是辛夷所制啊捆结桂枝为旗。身披石兰为衣啊又再佩带杜若，折取那芳香花草啊送我思慕的人。

原文

余处幽篁兮终不见天①，路险难兮独后来。表独立兮山之上②，云容容兮而在下③。杳冥冥兮羌昼晦④，东风飘兮神灵雨。留灵修兮憺忘归⑤，岁既晏兮孰华予⑥。

注释

①余：山鬼自称。幽篁：幽深的竹林。

②表：特出，迥异于众。

③容容：云气浮动的样子。

④杳冥冥：阴暗。羌：发语词。昼晦：白日光线昏暗。

⑤灵修：对爱人的尊称。憺：安乐。

⑥晏：晚，迟。华予：使我如花开般美丽。华，使开花。

译文

我住在幽深竹林中啊终日见不到天，道路艰险难走啊使我姗姗来迟。不见思慕的人啊我独立在那山巅，云雾舒卷自如啊在脚下飘荡。天色幽暗无光啊白日如同黑夜，东风迅疾吹过啊雨神为我落雨。想挽留思慕的人啊使他乐而忘返，年华渐渐老去啊谁来使我重现花容。

原文

采三秀兮于山间①，石磊磊兮葛蔓蔓②。怨公子兮怅忘归③，君思我兮不得闲。山中人兮芳杜若④，饮石泉兮荫松柏⑤。君思我兮然疑作⑥，雷填填兮雨冥冥⑦，猿啾啾兮又夜鸣⑧。风飒飒兮木萧萧⑨，思公子兮徒离忧。

注 释

①三秀：灵芝草的别名，灵芝一年开花三次，故又称三秀。

②磊磊：形容石头众多堆积的样子。葛：多年生草本植物，茎蔓生。蔓蔓：形容葛草蔓延的样子。

③公子：山鬼称所思之人。怅：怨望，失意。

④山中人：山鬼自称。芳杜若：芬芳似杜若，比喻香洁。

⑤荫松柏：以青松翠柏荫蔽，言居处的清幽。

⑥君：山鬼称爱人。然疑：将信将疑，半信半疑。然，肯定，相信，与"疑"相对。作：兴起，发生。

⑦填填：形容雷声之大。冥冥：阴雨貌。

⑧猨：同"猿"，似猕猴。啾啾：鸟兽虫的鸣叫声。又：当作"狖"，长尾猿。

⑨飒飒：风声。萧萧：草木摇落声。

译 文

　　我在山间啊寻采灵芝，山石到处堆积啊藤蔓缠结。怨恨思慕的人儿啊惆怅忘返，或许你也想我啊只是没有空闲。我这山中之人啊如杜若般芬芳，渴饮石间清泉啊居于松柏山林。或许您思念我啊却又半信半疑，雷声隆隆大作啊伴着绵绵阴雨，猿声啾啾而响啊长夜呼唤不停。风声飒飒地吹啊树叶纷纷掉落，思念公子啊徒然叫人忧伤。

国 殇

　　操吴戈兮被犀甲①，车错毂兮短兵接②。旌蔽日兮敌若云，矢交坠兮士争先。凌余阵兮躐余行③，左骖殪兮右刃伤④。霾两轮兮絷四马⑤，援玉枹兮击鸣鼓⑥。天时坠兮威灵怒，严杀尽兮弃原野⑦。

　　①吴戈：兵器名。吴地所产，故称，亦泛指精良的戈。一说指盾。戈，古代主要兵器，青铜制，其突出部分名援，援上下皆刃，用以横击和钩杀。又有石戈、玉戈，多为礼仪用具或明器。被：同"披"。披挂，佩带。犀甲：犀牛皮制的铠甲。犀皮不常有，或用牛皮，亦称犀甲。

　　②错毂：轮毂交错。错，交错。毂，车轮的中心部位，周围与车辐的一端相接，中有圆孔，用以插轴。短兵接：犹言短兵相接。短兵，刀剑等短武器。

　　③躐：践踏，踩。行：军队的行列。

　　④左骖：古时用四匹战马牵一辆战车，左右两旁的马叫骖，中间两匹叫服。殪：死亡。刃伤：为刃所伤。一说伤者是车右之辕马。"刃"当为"服"。

　　⑤霾：遮掩，掩埋。絷：拴住马足。

　　⑥援玉枹：古时以击鼓指挥军队进击。'枹'一作"桴"，鼓槌。

⑦严杀：残酷杀戮。

译 文

手持吴地利戈啊身披犀皮铠甲，战车轮毂交错啊刀光剑影相接。敌军旌旗遮天啊敌人众多如云，流矢坠落如雨啊战士奋战向前。敌军侵犯我军阵地啊冲乱我军队列，左侧骖马已死啊右服也遭重创。两个车轮被深埋，马腿紧紧地被拴住，手持鼓槌啊敲起震天战鼓。天道沦丧啊神灵发怒，勇士惨遭杀戮啊抛尸疆场。

原 文

出不入兮往不反①，平原忽兮路超远②。带长剑兮挟秦弓③，首身离兮心不惩④。诚既勇兮又以武，终刚强兮不可凌。身既死兮神以灵⑤，子魂魄兮为鬼雄⑥。

注 释

①出不入：指壮士出征，决心以死报国，不打算再进国门，与"往不反"互文见义。反：同"返"，返回。

②忽：恍惚不明的样子。

③挟：夹持。秦弓：秦地所产良弓。秦地产坚硬的木材，用以为弓，射程较远。

④不惩：不畏惧。

⑤神以灵：精神成为神灵，指精神不死而永生。

⑥子：对战士亡灵的尊称。魂魄：古人观念中一种能脱离人体而独立存在的神灵，附体则人生，离体则人死。附形之灵为魄，附气之神为魂。鬼雄：鬼中之英雄，用以称誉为国捐躯者。

当初出征报国啊就没打算活着归来，平野辽阔苍茫啊路途遥远漫长。身佩长剑啊我臂下夹持着秦弓，即使身首异处啊也将无所畏惧。你们实在勇敢啊并且武艺超群，始终刚强不屈啊敌人不可侵凌。如今为国捐躯啊精神不死永生，你们的魂魄啊也是鬼中英雄。

礼 魂

原 文

成礼兮会鼓①，传芭兮代舞②，姱女倡兮容与③。春兰兮秋菊④，长无绝兮终古。

注 释

①成礼：有三解，此指祭祀礼仪结束。会鼓：众鼓齐鸣。会，会合，聚集。这里指鼓点密集，节奏急疾明快。

②传芭：这里指舞者手执香草，相互传递。芭，指香草。一说"芭"同"葩"，印花。代舞：更迭起舞。

③姱女：美丽的女子。倡：发声先唱，领唱。

④春兰兮秋菊：春秋二季祭祀用的香花。

译 文

祭礼全部完成啊鼓乐合奏共鸣，芳香花草相互传递啊众人依次起舞，美女领唱乐歌啊仪态闲舒从容。春祀奉献兰草啊秋祀祭以晚菊，永远无终无止啊千秋万代相继。

天 问

曰：遂古之初①，谁传道之？上下未形②，何由考之？冥昭瞢暗③，谁能极之？冯翼惟像④，何以识之？明明暗暗⑤，惟时何为？阴阳三合⑥，何本何化？圜则九重⑦，孰营度之⑧？惟兹何功⑨，孰初作之？斡维焉系⑩？天极焉加⑪？八柱何当⑫？东南何亏？九天之际⑬，安放安属⑭？隅隈多有⑮，

谁知其数？天何所沓⑯？十二焉分⑰？日月安属？列星安陈？出自汤谷⑱，次于蒙汜⑲。自明及晦，所行几里？夜光何德⑳，死则又育㉑？厥利维何㉒，而顾菟在腹㉓？女岐无合㉔，夫焉取九子？伯强何处㉕？惠气安在㉖？何阖而晦㉗？何开而明？角宿未旦㉘，曜灵安藏㉙？

①遂古：远古。遂，通"邃"，遥远。

②上下：代指天地。未形：没有形成固定的样子。

③冥昭瞢暗：紧承上句，描述当天地未分之时，宇宙空间明暗

混沌的状态。冥,昏暗。昭,明亮。瞢,昏暗模糊。

④冯翼:元气充盈貌。姜亮夫《屈原赋校注》认为"冯翼"声转则为"丰融",即充盈之意。像:指想象中之无形之像,意近《老子》四十一章之"大音希声,大象无形",亦近二十一章"惚兮恍兮,其中有象"之意。

⑤明明暗暗:指一天分昼夜而有明有暗。

⑥三合:"三"同"参",意即交融。可参考《老子》四十二章:"道生一,一生二,三生万物。"

⑦圜:同"圆",指天体。则:法度。九重:古说天有九重,极言其高。重,层。

⑧营度:量度营造。营,经营。度,度量。

⑨兹:此,指天分九层而言。何功:何等的工程。

⑩斡:运转的枢纽。古人认为天体运行是围绕一个轴心进行的。维:指系于轴上的绳索,此处指空间维度。

⑪天极:天之轴心的顶端。加:放置,安放。

⑫八柱:指支持天宇的八根柱子。当:支撑。

⑬九天:天之四面八方。

⑭放:至。属:连接。

⑮隅:角落。隈:弯曲的地方。

⑯沓:合。

⑰十二:古人认为太阳与月亮在黄道上每年相遇十二次,故将黄道分为十二,以记日月运行之轨迹。后人引申与地之十二分野相对应。

⑱汤谷:或作"旸谷",日出之处。

⑲次：驻扎，止息。蒙汜：或称"蒙谷"，日落之处。

⑳夜光：月的别名。

㉑死：指月缺而渐没。育：指月没而复圆。

㉒利：黑影。

㉓而顾：犹"而乃"。姜亮夫《屈原赋校注》："顾字当与'而'连续为一词，'而顾'犹言'而乃'。"菟：即兔。闻一多《天问疏证》以为即蟾蜍。

㉔女岐：古代传说中的神名。合：婚配。这里有野合之义。

㉕伯强：有五种说法，一般认为是风神名。

㉖惠气：即惠风，和畅的风。

㉗阖：闭。晦：暗，指天黑。

㉘角宿：东方星。旦：指日出。

㉙曜灵：太阳。

译 文

问道：远古始初的情况，是由谁流传下来的？天地没有形成之前的事情，要如何才能探究清楚？天地蒙昧一片，昏明不分，谁能够将它考察明白？宇宙混沌一团，元气充盈，只是想象中得到的虚拟之"像"，要通过什么才能把握到它？天地已分，昼明夜黑，为什么会是这个样子？阴阳交融而诞生万物，以什么为基础，又化育成了什么？天体分为九重，是谁度量过？这样浩大的工程，一开始又是谁干的？使天体围绕轴心旋转的绳索，系在天轴的什么地方？天轴的顶部，又安置在哪里？支持天体的八根巨柱，安放在哪里？东南方的地面为什么塌下去一块？四面八方的天际，分别在什么地方？它们又是如何连接的？天际的角落曲折很多，谁又知道它们确切的数量？天上日月在何处会合？黄道天体又是怎样划分为十二区的？日月是怎样附着在天上而不掉下来？群星又是如何排列而井然有序？太阳从汤谷出来，歇息在蒙汜。从早晨到傍晚，它走了多少里路？月亮又有什么高尚的德行，可以缺而复圆？它上面的黑色东西是什么？难道是一只蟾蜍在那里面？女歧没有婚配，她怎么能生出九个儿子？风神伯强居住在什么地方？那和畅之风又从哪里吹来？为什么天门闭上就是夜晚，天门打开就是白天？天门没有打开之前，太阳未出之时，阳光又藏在什么地方？

原文

不任汨鸿①，师何以尚之②？佥曰何忧③？何不课而行之④？鸱龟曳衔⑤，鲧何听焉⑥？顺欲成功⑦，帝何刑焉？永遏在羽山⑧，夫何三年不施⑨？伯禹愎鲧⑩，夫何以变化？纂就前绪⑪，遂成考功⑫。何续初继业⑬，而厥谋不同⑭？洪泉极深，何以窴之⑮？地方九则⑯，何以坟之⑰？河海应龙⑱，何尽何历⑲？鲧何所营⑳？禹何所成？康回冯怒㉑，墬何故以东南倾㉒？九州安错㉓？川谷何洿㉔？东流不溢，孰知其故？东西南北，其修孰多？南北顺椭㉕，其衍几何㉖？昆仑县圃㉗，其尻安在㉘？增城九重㉙，其高几里？四方之门，其谁从焉？西北辟启，何气通焉？日安不到，烛龙何照㉚？羲和之未扬㉛，若华何光㉜？何所冬暖？何所夏寒？焉有石林㉝？何兽能言？焉有虬龙㉞，负熊以游？雄虺九首㉟，鯈忽焉在㊱？何所不死？长人何守㊲？靡萍九衢㊳，枲华安居㊴？一蛇吞象，厥大何如？黑水玄趾㊵，三危安在㊶？延年不死，寿何所止？鲮鱼何所㊷？鬿堆焉处㊸？羿焉彃日㊹？乌焉解羽㊺？

①汩：治理。鸿：同"洪"，洪水。

②师：众人。尚：推举，推荐。

③佥：众人。

④课：试验。

⑤鸱龟：一种神龟。曳衔：拉扯。

⑥听：音近"圣"，谓圣德。

⑦顺欲：按照鲧的意图。

⑧过：幽闭。羽山：神话中的地名，在今江苏赣榆。一说在今山东蓬莱。

⑨三年：约数，指多年。施：解脱。

⑩伯禹：即禹。伯为禹之封爵，禹曾受封为夏伯，故称伯禹。愎：通"腹"，这里指从腹中出来。

⑪纂：继续，继承。

⑫考：死去的父亲。功：事业。

⑬续初：继续鲧的事业。

⑭厥谋：指禹的治水方略。厥，指禹。

⑮寘：同"填"，填塞。

⑯方：区分。九则：九品，禹分天下土地为上上、上中、上下、中上、中中、中下、下上、下中、下下九等，故曰九则。

⑰坟：区分。

⑱应龙：古代神话传说中有翼能飞的龙。

⑲尽：疑为"画"，划的意思。一本此句作"应龙何画，河海

何历。"游国恩《天问纂义》认为此句当是错简倒乱。

⑳营：惑乱。

㉑康回：共工。王逸《楚辞章句》："康回，共工名也。《淮南子》（按见《天文训》）言共工与颛顼争为帝，不得，怒而触不周之山，天维绝，地柱折，故东南倾也。"冯怒：大怒。

㉒墜：同"地"。

㉓九州：传说禹分天下为翼、兖、青、徐、扬、荆、豫、梁、雍九州。详《书·禹贡》。错：通"措"，安置。

㉔洿：水深。

㉕楕：狭长。

㉖衍：多余。

㉗昆仑：神话中的神山，在西部。县圃：神话中的山峰，在昆仑山上。

㉘凥：即"尻"，本指脊椎尾骨，或指臀部。引申为山之尾麓，山脊尽处。

㉙增城：神话中的地名，在昆仑山上。九重：极言高。

㉚烛龙：神名。洪兴祖《楚辞补注》："《山海经》云：'钟山之神，名曰烛阴，视为昼，瞑为夜，吹为冬，呼为夏，不饮不食，不喘不息，身长千里，人面蛇身，赤色。'注曰：即烛龙也。"

㉛羲和：神名。扬：日出。

㉜若华：若木之花。《山海经·大荒北经》："大荒之中，有衡石山、九阴山、洞野之山，上有赤树，青叶赤华，名曰若木。"

㉝石林：石柱之林，为喀斯特地貌中的特有景观，多分布在我国云南、贵州、广西等地。

㉞虬龙：龙无角为虬。

㉟虺：毒蛇。

㊱儵忽：行动迅速。

㊲长人：即长寿之人。一说指身材高大之人。守：指操守。姜亮夫《屈原赋校注》："此中长寿之人，更有何操守而能长寿乎？"

㊳靡萍：分枝众多的浮萍。九衢：谓分枝众多。引申为枝叶交叠的样子。

㊴枲华：麻的花。

㊵黑水：古代神话传说中水名，在昆仑山。一说为怒江。玄趾：疑为"交趾"，古地名，泛指五岭南。

㊶三危：地名，说法有许多，总结起来有四种：一，在甘肃敦煌三危山，此为古三危山（《尚书·禹贡》）。二，在甘肃岷山西南（孙星衍《尚书今古文注疏·尧典》）。三，在西藏。姜亮夫《屈原赋校注》引刘逢禄《尚书古今集解》引《西藏总传》："卫在打箭炉西南，俗称前藏，藏在卫西南，俗称后藏。喀木在卫东南之处，统名三危，即《禹贡》'导黑水至于三危也'。"四，仙山。

㊷鲮鱼：神话中的一种鱼。

㊸巁堆：魁堆，大崔。巁，同"魁"。

㊹羿：此处指尧时善射箭者。彃：射。

㊺乌：传说日中有乌鸦。

译文

鲧不能胜任治水的重任，众人为什么要推举他？他们都对尧说：您有什么好担心的呢，为什么不让他试试再说？鲧到底有什么德行，可以让神龟来帮他治水？按照鲧的想法治水会成功，尧为什么要惩罚他？把他长久地流放在羽山，为什么那么多年不把他释放？大禹从鲧的肚子里生出来，怎么会有这种变化？禹继承了父亲鲧的事业，成就了去世的父亲未竟的丰功。禹继承了鲧的事业，为什么他们治水的思路却一点儿不一样？洪水那么深，禹是用什么东西把它填平的？九州之地分为九块，禹又是用什么标准进行的划分？应龙的尾巴划过哪些地方？江河入海又经过哪里注入大海？鲧被什么迷惑而治水不成？禹又为什么能治水成功？共工怒气冲天，为什么会使大地向东南倾斜？九州如何设置？河谷的水为什么这样深？水向东流，为什么东方永不满溢？东西南北四边哪边距离更长？南北狭长，它能比东西长多少？昆仑山和县圃，它们的边际在哪里？增城高峻，到底有多高？昆仑山上四面八方都有门，谁从那里通过？西北面的门大开，什么风从那里吹过？太阳可有照不到的地方？烛龙照亮了哪里？太阳没有升起之前，若木之花为何能照亮大地？什么地方冬天温暖？什么地方夏天寒冷？什么地方有石林？哪一种兽类能说话？哪里有虬龙，驮着黄熊游来游去？九个头的毒蛇来往迅疾，到底在哪里？什么地方的人能长生不死？那些长命之人有何操守可以如此？分枝极多的浮萍与麻花生在哪里？一条蛇吞下一头大象，它有多大？黑水、交趾、三危在什么地方？延长寿命以求不死，寿数到什么时候会结束？传说中的鲮鱼在哪里？大雀又在哪里？羿为什么要射九日，太阳中的乌鸦又为什么会死？

原　文

　　禹之力献功①，降省下土四方②，焉得彼嵞山女③，而通之於台桑④？闵妃匹合⑤，厥身是继⑥，胡维嗜不同味⑦，而快鼌饱⑧？启代益作后⑨，卒然离孽⑩，何启惟忧⑪，而能拘是达⑫？皆归躲籲⑬，而无害厥躬⑭。何后益作革⑮，而禹播降⑯？启棘宾商⑰，《九辩》《九歌》⑱。何勤子屠母⑲，而死分竟地⑳？帝降夷羿㉑，革孽夏民㉒。胡躲夫河伯㉓，而妻彼雒嫔㉔？冯珧利决㉕，封狶是躲㉖。何献蒸肉之膏㉗，而后帝不若㉘？浞娶纯狐㉙，眩妻爰谋㉚。何羿之躲革㉛，而交吞揆之㉜？阻穷西征㉝，岩何越焉㉞？化为黄熊㉟，巫何活焉？咸播秬黍㊱，莆雚是营㊲。何由并投㊳，而鲧疾修盈㊴？白蜺婴茀㊵，胡为此堂㊶？安得夫良药㊷，不能固臧㊸？天式从横㊹，阳离爰死。大鸟何鸣㊺，夫焉丧厥体？蓱号起雨㊻，何以兴之？撰体协胁㊼，鹿何膺之㊽？鼇戴山抃㊾，何以安之？释舟陵行㊿，何以迁之？惟浇在户51，何求于嫂？何少康逐犬52，而颠陨厥首53？女歧缝裳54，而馆同爰止55，何颠易厥首56，而亲以逢殆57？汤谋易旅58，何以厚之？覆舟斟寻59，何道取之？桀伐蒙山60，何所得焉？妹嬉何肆61，汤何殛焉62？舜闵在家63，父何以鳏64？尧不姚告65，二女何亲66？厥萌在初67，何所亿焉？璜台十成68，谁所极焉？登立为帝，孰道尚之？女娲有体69，孰制匠之？舜服厥弟70，终然为害。何肆犬体71，而厥身不危败72？吴获迄古73，南岳是止74。孰期去斯75，得两男子76？缘鹄饰玉77，后帝是飨78。何承谋夏桀，终以灭丧？帝乃降观80，下逢伊挚81。何条放致罚82，而黎服大说83？

注　释

　　①力：勤勉。功：指治理水灾，平定九州。

②降省：到下面视察。

③峗山：即"涂山"，其地不可确指。王逸《楚辞章句》："言禹治水，道娶峗山氏女也，而通夫妇之道于台桑之地。"

④通：相会。台桑：地名，其地不可确考。

⑤闵：爱怜。匹合：婚配。

⑥厥身：指禹。继：继承，印指生启之事。

⑦胡维：为何。维，朱熹《楚辞集注》本作"为"。嗜：爱好。姜亮夫《屈原赋校注》认为"嗜不同味"之"不"字，误衍，可从。

⑧快：满足。晁：同"朝"，指时间很短。饱：满足。

⑨启：禹之子，夏朝国王，中国历史上由"禅让制"变为"世袭制"的第一人。益：禹贤臣，是禹选定的继承人。后：君王。

⑩卒：同"猝"，突然。离：遭受。蟿：忧患，灾难。

⑪惟：遭受。

⑫拘：拘囚，囚禁。达：逃脱。

⑬躲镝：此处指交战。躲，一作"射"。镝，一作"鞠"，射箭声。

⑭厥躬：指启。

⑮作：通"祚"，国祚，国家运命福祉。革：变革，指启代益为王。

⑯播降：繁荣昌盛。

⑰棘：急切。宾：祭祀。商："帝"之误字。

⑱《九辩》《九歌》：均为古乐曲名，传说是启所作。

⑲勤子：贤子，指启。屠母：传说启母涂山氏化为石，石破而生启，故曰屠母。

⑳死：通"尸"，尸体。竟地：满地，到处都是。

㉑夷羿，指羿，上古羿有多人，此处指有穷氏羿，夏太康、少康时人。

㉒革：革除。孽；祸患。夏民：夏朝之民，或泛指民众。

㉓河伯：即黄河水神。一说河伯为古诸侯。王夫之《楚辞通释》："河伯，古诸侯，同河祀者。羿射杀河伯，而夺其妻有雒氏。"

㉔雒嫔：上古神话中的雒水女神。

㉕冯：持。珧：本指小蚌，其壳可以镶嵌于弓上。这里指良弓。利：精良。决：通"玦"，钩弦工具。

㉖封豨：大野猪。历史传说中羿有多人，尧时之羿有射封豨事，屈原或混杂之。

㉗蒸肉：祭肉。膏：祭肉的膏脂。

㉘后帝：天帝。若：通"诺"，赞许，保佑。

㉙浞：指寒浞，传说为羿之相，后杀羿。纯狐：羿之妻。或云即嫦娥。

㉚眩妻：善于迷惑人的妻子，指纯狐。爰：于是。

㉛躬革：羿善射，传说可射透七层兽皮。

㉜吞：消灭。搂：消灭。

㉝西征：指鲧被放逐到东方海滨的羽山，曾向神巫众多的西方行进求救。

㉞岩：险峰，这里指前往羽山。

㉟黄熊：指鲧。《左传·昭公七年》："昔尧殛鲧于羽山，其神化为黄熊。以入于羽渊，实为夏郊，三代祀之。"

㊱秬黍：黑米。

㊲菲蘦：皆水草名。营：耕种。

㊳并投：一起流放，指鲧与共工等人一起被流放。一说鲧与妻修已一同被流放。

㊴疾：罪恶。修盈：谓罪恶深重。修，长。盈，满。

㊵白蜺：白色的虹。婴：本指装饰品，这里释为"环绕"。茀：云雾。

㊶堂：有四种说法，此取"盛"之解。

㊷良药：指不死之药。

㊸固臧：妥善保管。固，稳妥。臧，同"藏"，保存。

㊹天式：自然法则。从横：即"纵横"，意即阴阳消长、生生死死。

㊺大鸟：王子侨所化之鸟。王逸《楚辞章句》："言崔文子取王子侨之尸，置之室中，覆之以弊筐，须臾则化为大鸟而鸣，开而视之，翻飞而去。文子焉能亡子侨之身乎？言仙人不可杀也。"

㊻蓱：雨神。号：号令。

㊼撰：通"巽"，柔顺。协：合顺。

㊽飚：指风神飞廉。膺：响应。

㊾鳌：传说中的大龟。戴：背负，驮。抃：拍浮，游动，此指大龟伸足游动。

㊿释：放置。陵：本义是大土山，这里指陆地。

51浇：古史传说中的大力士，夏少康时人，寒浞之子。

52少康：夏朝国王，夏后相之子。

53颠陨：坠落，此指浇被杀。厥首：指浇的首级。

54女歧：亦即女艾。闻一多《天问疏证》："案，'女歧'当从《左传》作'女艾。'"按见《左传·哀公元年》："（少康）使女艾谍浇，使季杼诱豷，遂灭过戈，复禹之绩。"姜亮夫《屈原赋校注》："艾在泰韵，歧在支韵，古支泰相转而又同声，故歧得为艾也。"缝裳：据《左传·哀公元年》的记载，则女歧（艾）是夏少康为报父（夏后相）为浇所杀之仇，以及复兴夏王朝而派到浇身边去的间谍一类人物，目的在于以女色使浇惑乱，从而伺机杀之。"缝裳"意即缝衣裳，当是女歧（艾）与浇的亲密行为之一。

55馆同：即"同馆"，同房。爰：与，一起。止：止宿，居住。

56易：换，此处指砍错了。王逸《楚辞章句》："言少康夜袭得女歧头，以为浇，因断之，故言易首。"厥首：指女艾的头。

57亲：指女艾。逢殆：遭祸，指被杀。

58汤：为"康"之误，当指少康。此处所问当为少康中兴之事。易：治理，整顿。旅：军队，部下。

59斟寻：古国名，与夏同为姒姓，地在今河南巩县西南。

60桀：夏代最后一位君王。蒙山：古国名。一说是指岷山。

○61 妹嬉：夏桀之妃。何肆：姜亮夫《屈原赋校注》："'何肆'之'何'，当读与'何有与我'之'何'，训为不。"不肆，意即不恣纵。

○62 殛：惩罚。

○63 闵：妻室。

○64 父："夫"之误字。姜亮夫《屈原赋校注》："'父何以鳏'，父字讹，当为夫字。'夫何以'，《天问》句例。"鳏：同"鳏"，男子年长而无妻。

○65 姚告：即告姚。姚。王逸《楚辞章句》："舜姓也。"此处指舜之父母。

○66 二女：指尧的两个女儿娥皇、女英。亲：结亲。

○67 萌：通"民"。

○68 璜台：用玉装饰的高台。汤炳正《楚辞今注》认为即指舜登基之台。十成：十层，极言其高。

○69 女娲：神女名。

○70 弟：指舜弟象。

○71 犬体：这里是对舜弟象的贬称，言其行径悖谬不法有类于犬。

○72 危败：指舜弟象行事悖逆，一再谋害舜，却未被追究。

○73 获：得到。一说认为"吴获"为人名。迄古：从远古时开始，意为国运长久。

○74 南岳：泛指南方地区。止：留下居住。

○75 去：一作"夫"。姜亮夫《屈原赋校注》："应作夫，夫、去形近而误。夫在句中作于字解。"斯：这样，指代"吴获迄古，南岳是止"这一情况。

⑦两男子：王逸《楚辞章句》认为指太伯、仲雍。

⑦缘鹄饰玉：此句指伊尹借助烹调食物供汤享用之际接近汤，向他陈说治国之道。缘、饰，义近，皆装饰之义。鹄、玉，皆鼎上作装饰用的花纹与器物。

⑦后帝：指汤。飨：赏识。

⑦承谋：指伊尹接受汤的旨意，假意事奉桀，实则探听夏之虚实，图谋灭之。

⑧帝：指汤。降观：四处巡察。

⑧伊挚：即伊尹。

⑧条放：指夏桀被流放到鸣条之事。致罚：受到上天的惩罚。

⑧黎服：天下众民。服，古代行政区划单位。说：同"悦"。喜悦。

译文

大禹勤劳地治理水患，巡查四方。他怎么遇到那个涂山国的女子，和她相爱并私会在台桑的？大禹和那位姑娘成就婚配，他因此有了后代。为什么他们相隔很远，族姓相同，本不该通婚却很快能被彼此吸引，以求一时之欢？启想取代益成为君王，突然遭到了麻烦。为什么启虽遭难，却能从拘禁中逃脱？益与启两个部族交战，箭如雨下，而启却没有受到伤害。为什么益的统治权被夺去，而禹的后代却能繁荣昌盛？启急切地向上帝祭祀并得到了《九辩》和《九歌》。为什么这样贤良勤勉的儿子却会害死自己的母亲，让母亲的尸骨散落遍地？天帝降生了羿，让他为夏民除去祸害，他为什么要射瞎河伯，又娶了河伯的妻子雒水女神？他拿着强弓利器，射杀了大野猪。为什么他献给上帝肥美的祭肉，上帝却不保佑他？寒浞娶走了羿的妻子，那个善于迷惑人的妻子与浞合谋。为什么羿力大善射，却被他们设计消灭了？鲧化为黄熊，向西方进发，他怎样越过那高峻的山岩？鲧的身体已经化为黄熊，神巫又怎能把他救活？鲧辛勤地耕作，把田地都种上了黑粟，铲除了杂草。为什么他却与共工等人一起被流放？难道他真的罪无可赦？嫦娥佩戴着精美的服饰，她为何要打扮得如此美丽？她从哪里得到了那不死良药，并把它妥善保管在月宫里面？天地之间阴阳消长、生生死死，阳气离开就会死亡。王子侨死了之后怎么会变成大鸟，还会发出鸣叫？他是怎样失去了原有的身体？萍翳发出号令就能下雨，雨又是怎样兴起的？风神性情温顺，它怎么能响应兴云起雨的事情？海中的大龟顶着大山四脚划动，又怎能让大山安稳下来？将船放在陆地上，怎样才能移动它？大力士浇在家，为什么还要求助于他的嫂子？少康驱

驰猎犬打猎，为什么能将浇的首级砍下？女艾为浇缝衣裳，并同他一起住宿，为什么少康却砍下女艾的头，亲信之人反而遭殃？少康谋划大兴军事，他靠什么使自己的力量增强？那浇曾经倾覆了斟寻国的战船，少康用什么手段取胜了他？夏桀讨伐蒙山，他得到了什么？妹

嬉本人并不十分放纵，为何汤要将她惩罚？舜在家有妻室，为何却称他为鳏夫？尧不告诉舜的父母，又怎能将两个女儿嫁给他？舜当初为民的时候，他怎能料到会有今日登基之事？玉饰的高台，又有谁可以登上？舜被立为君王，是谁引导他上台？女娲躯体变化无穷，又是谁造就了她？舜恭顺地对待他的弟弟象，却终于酿成祸患。为什么象极端地放肆，却没有败亡？吴国立国于南方，国运长久。谁能料到会这样，难道只因为出了泰伯、仲雍这两个贤良男子？伊尹用精美的器具烹制美味的羹肴进献给汤，因而得到了赏识。为什么他要假装为夏桀谋划，使夏桀败亡？汤巡视四方，遇到了伊尹。他在鸣条战胜了夏桀，并将其放逐，为何百姓却非常喜悦？

原文

简狄在台①，喾何宜②？玄鸟致贻③，女何喜④？该秉季德⑤，厥父是臧。胡终弊于有扈⑥，牧夫牛羊？干协时舞⑦，何以怀之⑧？平胁曼肤⑨，何以肥之？有扈牧竖⑩，云何而逢？击床先出⑪，其命何从？恒秉季德⑫，焉得夫朴牛⑬？何往营班禄⑭，不但还来⑮？昏微遵迹⑯，有狄不宁⑰。何繁鸟萃棘⑱，负子肆情⑲？眩弟并淫⑳，危害厥兄。何变化以作诈㉑，后嗣而逢长？成汤东巡，有莘爰极㉒。何乞彼小臣㉓，而吉妃是得㉔？水滨之木，得彼小子㉕。夫何恶之，媵有莘之妇㉖？汤出重泉㉗，夫何罪尤㉘？不胜心伐帝㉙，夫谁使挑之？

注释

①简狄：帝喾的妃子。

②喾：传说中的古帝王名。宜：祭祀。姜亮夫《屈原赋校注》作"祭祀求福"解，可从。

③玄鸟：黑色的鸟，指燕。致贻：送礼。王逸《楚辞章句》："贻，遗也。言简狄侍帝喾于台上，有飞燕坠遗其卵，喜而吞之，因生契也。"

④喜：一作"嘉"，意即受孕而生子。

⑤该：即殷侯亥。季：王亥之父，殷侯冥。

⑥弊：困厄。《山海经·大荒东经》："王亥托于有易，河伯仆牛。有易杀王亥，取仆牛。"有扈：王国维《殷卜辞中所见先公先王考》认为即"有易"，"易"与"扈"金文形近。

⑦干：盾。协：和合。时舞：指万舞，古代一种大型乐舞。

⑧怀：挑逗，引诱。

⑨平胁：指体形俊美。曼肤：皮肤细腻。姜亮夫《屈原赋校注》认为此句形容有易之女形体曼泽之状。

⑩有扈：即有易。姜亮夫《屈原赋校注》："按有扈即上文有易，……此有易指王亥所淫之女。"牧竖：指王亥。

⑪击床：姜亮夫《屈原赋校注》认为指有易氏杀亥事。先出：依《山海经》说，王亥已被杀，则"击床先出"之"先"，当为误字，以意校之，或"不"、"未"之属也。

⑫恒：即殷侯王恒，王亥之弟。

⑬朴牛：即服牛，可驾车的大牛。王国维《殷卜辞中所见先公先王考》："服牛者，即《大荒东经》之仆牛，古服、仆同音也。"

⑭营：经营。班禄：颁布爵禄。

⑮但：空。一说疑为"得"之误。

⑯昏微：指殷侯上甲微。迹：道路。

⑰有狄：即有易。不宁：不安宁。

⑱繁鸟萃棘：喻荒淫事。姜亮夫《校注》认为此句或指上甲微晚年的荒淫之行。

⑲负：姜亮夫推测本为"媳"字，亦印"妇"。"妇子"或即劫夺儿媳为己妻之丑行。

⑳眩：惑乱，荒唐。

㉑变化：指改变帝位继承顺序。作诈：行为奸诈。

㉒有莘：古国名。

㉓乞：讨，要。小臣：指伊尹。

㉔吉妃：美好的姑娘。得：娶到。

㉕小子：指伊尹。

㉖媵：陪嫁，指汤娶有莘氏女为妻，有莘氏以伊尹为陪嫁。

㉗重泉：地名。《史记·夏本纪》记夏桀召汤并囚之于夏台，后又将其释放。重泉，大约是夏台之所在。

㉘尤：过失。

㉙胜心：压住怒气。帝：指夏桀。

译 文

简狄住在高台之上，帝喾为什么要祭祀求福？燕子给简狄送来了礼物，她为什么会怀孕有子？亥继承了他父亲季的美德，并得到了嘉奖。为什么会最终被困于有易氏，为人牧牛放羊？亥拿起盾，跳起万舞，他用什么来诱惑有易氏的姑娘？姑娘肌体丰满，皮肤细腻，是什么让她如此丰美？他们一个是有易氏的美女，一个是低贱的牧人，为什么会碰到一起？有易氏要杀亥，他在事发之前尚未走出家门，他的命运会有怎样的结局？恒也继承了父亲季的美德，他怎样得到那驾车的大牛？他为什么要去有易氏颁布爵禄？目的没有达到他为什么就回来了？上甲微遵循父祖的美德，有易氏从此不得安宁。为什么他晚年竟会荒淫无度，放纵情欲？荒唐昏乱的弟弟和哥哥一起淫乱，最后谋害了他的兄长。为什么坏人篡夺王位，行为狡诈，却能子孙昌盛？成汤在东方巡视，到了有莘国。他为什么想要小臣伊尹，却得到了美丽的新娘？在水边的树木中，伊尹降生。有莘氏为什么厌恶他，让他做有莘氏姑娘的陪嫁？汤因何种罪过被囚禁在重泉，后来才被释放？汤压抑不住胸中的怒火，讨伐夏桀，这又是谁唆使的？

原文

会鼌争盟①，何践吾期②？苍鸟群飞③，孰使萃之？到击纣躬④，叔旦不嘉⑤。何亲揆发足⑥，周之命以咨嗟⑦？授殷天下，其位安施？反成乃亡⑧，其罪伊何？争遣伐器⑨，何以行之？并驱击翼，何以将之？昭后成游⑩，南土爰底⑪。厥利惟何，逢彼白雉⑫？穆王巧梅⑬？夫何为周流？环理天下⑭，夫何索求？妖夫曳衒⑮，何号于市？周幽谁诛，焉得夫褒姒⑯？天命反侧，何罚何佑？齐桓九会⑰，卒然身杀⑱。彼王纣之躬⑲，孰使乱惑？何恶辅弼⑳，谗谄是服㉑？比干何逆㉒，而抑沉之？雷开阿顺㉓，而赐封之？何圣人之一德，卒其异方㉔？梅伯受醢㉕，箕子详狂㉖。稷维元子㉗，帝何竺之㉘？投之於冰上，鸟何燠之㉙？何冯弓挟矢㉚，殊能将之？既惊帝切激㉛，何逢长之㉜？伯昌号衰㉝，秉鞭作牧㉞。何令彻彼岐社㉟，命有殷国？迁藏就岐，何能依？殷有惑妇，何所讥？受赐兹醢㊱，西伯上告。何亲就上帝罚㊲，殷之命以不救？师望在肆㊳，昌何识㊴？鼓刀扬声，后何喜？武发杀殷㊵，何所

88

悒㊶？载尸集战㊷，何所急？伯林雉经㊸，维其何故？何感天抑墬㊹，夫谁畏惧？皇天集命㊺，惟何戒之？受礼天下㊻，又使至代之㊼？初汤臣挚㊽，后兹承辅。何卒官汤㊾，尊食宗绪㊿？勋阖梦生(51)，少离散亡。何壮武厉，能流厥严？彭铿斟雉(52)，帝何飨(53)？受寿永多(54)，夫何久长？中央共牧(55)，后何怒？蜂蛾微命(56)，力何固？惊女采薇(57)，鹿何祐(58)？北至回水(59)，萃何喜(60)？兄有噬犬(61)，弟何欲(62)？易之以百两(63)，卒无禄(64)。

注释

①会鼂：即"朝会"。争盟：一本作"请盟"，即宣誓于神。

②践：履行。吾期：武王定下的日期。吾，同"武"。

③苍鸟：比喻跟从武王伐纣的将士。

④到：一作"列"，分解。朱熹《楚辞集注》："《史记》言：武王至纣死所，射之三发，以黄钺斩其头，悬之太白之旗，此所谓列击纣躬也。"躬：身体。

⑤叔旦：即周公旦。不嘉：不赞许。

⑥揆：谋划。发：指周武王姬发。足：当作"定"，这里是"使安定"之意。姜亮夫《屈原赋校注》认为"足"当为"定"之形误，且应在下句。

⑦咨嗟：叹息。

⑧反：一本作"及"，指殷有天下而又失去了它。

⑨伐器：作战的器具，指军队。

⑩昭后：指周昭王。成：同"盛"，盛大。

⑪南土：荆楚地区。底：止，至。此指周昭王南征楚国不还之事。

⑫白雉：白色的野鸡。

⑬穆王：昭王之子。巧梅：善于驾车。梅，通"枚"，马鞍。一说通"媒"，贪。

⑭环理：周游。

⑮妖夫：妖人。曳衔：当为"曳衔"，犹言"相将"。一说"衔"为"卖"的意思。为"衔"之形误。

⑯褒姒：周幽王妃。

⑰九会：指齐桓公九会诸侯，以尊周室。

⑱身杀：身死。王逸《楚辞章句》："言齐桓公任管仲，九合诸侯，一匡天下；任竖刁易牙，子孙相杀，虫流出户。"

⑲躬：身躯。

⑳辅弼：忠诚的大臣。

㉑谗谄：指谄邪小人。服：任用。

㉒比干：纣王之叔，劝告纣为善去恶，纣王剖其心而杀之。逆：触犯。

㉓雷开：纣时奸佞之人。阿：阿谀奉承。一作"何"。姜亮夫《屈原赋校注》："作阿非是，此与上句何逆为相对而相反之问，若

为阿，则为陈述语矣。"

㉔卒：最后，最终。方：方式。

㉕梅伯：纣时诸侯。醢：肉酱，此处意为砍成肉酱。

㉖箕子：纣王叔父。详狂：装疯。详，通"佯"。据《史记·殷本纪》，纣王杀比干后，箕子惧而佯狂，为奴。

㉗稷：周人始祖，姜嫄之子。元子：嫡长子。

㉘帝：指帝喾。竺：厚。或指"竺"为"毒"。

㉙燠：煜热，温暖。即《史记·周本纪》所载帝喾将稷"弃渠中冰上，飞鸟以其翼覆荐之"一事。

㉚冯弓：拿着弓。冯，同"凭"，持。

㉛惊帝：惊动上帝。《诗·大雅·生民》记稷生"上帝不宁"。"帝"有三说。一说指上帝。二说指纣。三说为高辛氏，即帝喾。切激：强烈。

㉜逢长：繁荣昌盛。长，一说文王所受封西伯或西长一职。

㉝伯昌：周文王姬昌。衰：衰世。

㉞秉鞭：执政。牧：古代地方长官。牧，"牧师"的简称，见《周礼·夏官》，是我国古代管理牧区的官吏，后引申为地方长官。

㉟彻：放弃，毁弃。岐社：岐地是周氏族祭祀之所。

㊱受：纣王名。兹：子，指纣杀文王子伯邑考，烹以为羹，赐文王食。

㊲亲：指纣。就：受到，遭受。

㊳师望：即太公吕望。肆：店铺。

㊴昌：文王姬昌。

㊵武发：指周武王姬发。殷：指纣王。

㊶悒：忿恨。

㊷尸：灵位。集战：会战。

㊸伯林：指纣。林，《尔雅·释诂》："君也。"雉经：上吊自杀。

㊹隆：地。

㊺集命：集天命于一身。

㊻礼：同"理"，治理。

㊼至：后来之人。

㊽臣挚：以挚为臣，挚是伊尹名。

㊾官汤：指伊尹辅佐汤。

㊿尊食：指伊尹死后配祀汤。宗绪：宗庙。

51勋：有功绩。阖：吴王阖闾。梦生：吴王寿梦之孙。

52彭铿：彭祖。斟雉：善于调制雉（野鸡）羹。

53帝：天帝。一说帝尧。飨：享用。

54受寿永多：寿命很长。据说彭祖寿七百六十七岁。

55中央：指周王朝。共牧：共同管理。《史记·周本纪》记厉王暴虐，周人将其流放，由周公、召公共执国政。

56蜂蛾：指百姓民众。

57惊女采薇：指伯夷、叔齐二人不食周粟，采薇为食，从而惊动女子。

58鹿何祐：为何得到神鹿的庇祐、帮助。闻一多《楚辞校补》："《琱玉集感应篇》引《列士传》曰：伯夷兄弟遂绝食（薇），七日，天遣白鹿乳之。此即所谓'鹿何祐'也。"

⑤⑨回水：首阳山处河曲之中，故以曲水代之。

⑥⓪萃：停止，歇宿。

⑥①兄：指秦景公伯车。噬犬：咬人的狗。

⑥②弟：子鍼，秦景公弟。

⑥③易：交换。两：同"辆"，用于车辆。

⑥④无禄：丧失爵禄。

译 文

　　诸侯聚集在一起结盟宣誓，他们如何履行周武王定下的约期？苍鹰一样勇敢的将士，谁把他们招集在一起？武王砍断纣王的躯体，周公并不赞同。他亲自为武王谋划，安定周室，却为何要叹息？上帝把天下交给殷朝，帝位为什么又会转移？先让殷室成功后又让他们灭亡，他们犯了什么罪过？诸侯派出军队，是通过什么指挥的？将士们并驾齐驱，攻击敌军两翼，是谁带领的？昭王进行盛大的游历，到了南方。他到底要贪图什么？难道仅仅是为了寻找那白色的野鸡？穆王心巧善驾，他为什么要周游四方？在国中四处行走，他又有什么追求？妖人相携沿街兜售，他们为什么要到大街上高声叫卖？周幽王要诛灭谁？他怎么得到那个褒姒的？天命反复，它会惩罚谁？又会保佑谁？齐桓公为安定周室，九次大会诸侯，为什么最终却那样身死。那个纣王，是谁使他变得如此昏乱？他为什么厌恶忠心辅佐他的大臣，而任用那些谗佞小人？比干到底哪里冒犯了纣王而被压制？雷开怎样阿谀依顺纣王，为什么会得到封赏？为什么圣人的美德都差不多，而他们最终的结局却不相同？梅伯被砍成肉酱，箕子装疯卖傻。后稷是帝喾的嫡长子，帝喾为什么那么

少年读楚辞

讨厌他？他把稷丢弃在寒冰之上，大鸟为什么会用羽翼去温暖稷？稷善务农，又是什么特殊本领使他能操弓执箭？既然他强烈地惊动了上帝，为何他的子孙反而繁荣昌盛？西伯姬昌在乱世中发号施令，成为地方的霸主。武王姬发为什么放弃了岐地的宗社，却能承受天命占有殷室的天下？周太王携带宝藏迁到岐地，他如何能让部族跟随他？纣王身边有个惑乱的褒姒，还能进谏什么？纣王把文王的儿子做成肉羹赐给文王，文王向上天告状。为什么纣王得到上天的处罚，而殷王室却难以挽救？太公吕望栖身在市井小店，姬昌为什么会认识他？太公操刀割肉，西伯听了为什么会高兴？武王姬发击杀纣王，他为什么如此愤恨？他用车载着父亲的灵位，聚集将士就出征，又为什么这么急切？纣王自缢而死，这是什么缘故？他为什么要向上天呼告？难道他还有所畏惧？上天把天命赐予殷王室，为什么又会有后人去讨伐？纣王治理天下，又为什么让人取代他？当初汤以伊尹为臣子，伊尹承担辅佐的任务。他为什么能成了汤的宰相并配祀商汤，接受献祭？功绩赫赫的阖闾是吴王寿梦的孙子，从小就遭遇流亡的命运。为什么长大后勇武威猛，他的声威四处流播？彭祖调制好的雉羹，天帝为什么喜欢享用？他的寿命极长，为什么能够拥有如此高寿？为什么召、周二人共理国政，厉王发怒是为了什么？百姓身份微贱，他们的力量为何如此强大？伯夷、叔齐采薇为食物惊动了妇人，受到了讥讽，神鹿为何要庇佑他们？他们北行到了首阳山，为什么会那样高兴？秦景公有条猛犬，他弟弟为什么想要拥有？他想用一百辆车来交换它，却最终丢失了性命。

原　文

薄暮雷电，归何忧①？厥严不奉②，帝何求③？伏匿穴处④，爰何云？荆勋作师⑤，夫何长？悟过改更，我又何言？吴光争国⑥，久余是胜⑦。何环穿自闾社丘陵⑧，爰出子文？吾告堵敖以不长⑨。何试上自予⑩，忠名弥彰？

注　释

①归何忧：回去有何担忧。此句有五种理解：一指屈原当时"问天"时之事。二指舜时之事。三指周公时之事。四指孔甲时之事。五指楚灵王时之事。

②厥：其，这里指楚国。不奉：不能保持。楚先败于吴，后败于秦，故云"不奉"。

③帝何求：即何求于帝，求天帝有什么用。帝，天帝。

④伏匿：潜伏，潜藏。穴处：住在山洞里，亦即身处山林荒野的意思。

⑤荆勋：楚国勋旧贵族。作师：犹"兴师"。毛晋本作"荆勋侚师"。

⑥光：吴王阖闾间名。争国：吴楚相争。

95

⑦久余是胜：即"久胜余"。久，长久。余，我们，亦即楚国。

⑧"何环"以下两句：当从洪兴祖、朱熹校语作"何环间穿社，以及丘陵？是淫是荡，爰出子文？"环，绕。间，乡里。穿，穿过。社，古代地方基层行政单位，泛言之，即里社、村落。及，至，到。丘、陵，皆指土山。是，指代前面的"间社丘陵"，"是淫是荡"，即"淫荡于是"。爰，于是。出，生出。子文：春秋时期楚国令尹，成王时人，有贤明之名。据《左传·宣公四年》记载，其父伯比居鄀（即鄅，《左传·桓公十一年》杜预注曰："在江夏云杜县东南。"则当在今湖北京山西北）国时，与鄅国国君之女私通，遂生子文。此处所问当指此事。

⑨堵敖：名熊艰，楚文王子，继位五年为其弟成王熊恽所杀。

⑩试上：弑君。自予：自立为君。

译文

傍晚时分电闪雷鸣，回去又有什么可担心的呢？国家的尊严不保，祈求上帝又有什么用处？我幽居在洞穴中，面对此景又能说些什么？楚国不断地大举兴兵，这样国运怎能长久？如果君王能改过自新，我又何必再说什么？吴王阖闾与我国相争，多年来一直战胜我们。子文的父母穿过村子到了山丘，做出苟且淫秽的勾当，又怎么会生出贤明的子文？我说堵敖不会长久。为何成王弑兄自立，他的忠诚名声更加显著？

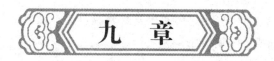

九 章

惜 诵

原 文

惜诵以致愍兮①，发愤以抒情。所作忠而言之兮②，指苍天以为正③。令五帝以折中兮④，戒六神与向服⑤。俾山川以备御兮⑥，命咎繇使听直⑦。

注 释

①愍：忧伤。

②所作：当作"所非"，"假如不是"的意思。

③正：通"证"，证明。

④五帝：古代神话传说中的五位神祇。东方太皞，南方炎帝，西方少昊，北方颛顼，中央黄帝。折中：意即依照法律条文来判断是非。折，即折、析，分判、明辨。中，刑书、律书、法律条文。

⑤六神：即六宗之神，古代神话传说中的六位神祇，其说不一，主要有以下几种说法：一指四时、寒暑、日、月、星、水旱之神。二指星、辰、风伯、雨师、司中、司命。三指日、月、星辰、太山、河、海。向：对证，对质。服：事理，事实。

⑥俾：使。山川：指山川之神。备御：即准备侍御之人以陪审。御，侍从，侍御。

⑦咎繇：即"皋陶"，相传是虞舜时执掌刑狱法律的大臣。听直：听审诉讼，裁判曲直对错。

译文

哀惜进谏表达忧伤啊，发泄愤懑抒写衷情。发誓忠心陈说心声啊，手指苍天为我作证。令五方天神为我剖白啊，命六宗之神为我证明。让山川神祇来做陪审啊，命法官皋陶辨明对错。

原文

竭忠诚以事君兮，反离群而赘肬①。忘儇媚以背众兮②，待明君其知之。言与行其可迹兮③，情与貌其不变。故相臣莫若君兮③，所以证之不远。吾谊先君而后身兮④，羌众人之所仇⑤。专惟君而无他兮⑥，又众兆之所雠⑦。壹心而不豫兮，羌不可保也。疾亲君而无他兮⑧，有招祸之道也。

注释

①离群：指离开群体，为众人所不容。赘肬：多余的肉瘤。

②儇：聪慧，狡黠，有机巧。

③相：审察，察看。

④谊：即"宜"、"义"，这里是"应当"的意思。凡品质、行为符合人世间道德标准、社会利益，便是合适、适宜的，就可称为"义"。

⑤羌：句首发语词，楚地方言。

⑥惟：思念，牵挂。

⑦兆：众人。雠：仇恨，怨恨。

⑧疾：急切，极力。

竭尽忠诚服侍君王啊，却为众所不容反成多余。不懂谄媚违背众意啊，等待有明君了解我心。言行一致有据可寻啊，内心与外貌成为不变。所以没有谁比君王更清楚臣子啊，他的取证都亲身得来不须远求。我应先顾君王后及自身啊，却成为众人怨恨的对象。一心忠君不作他想啊，又招来众人怨恨。心思专一从不犹豫啊，竟导致自身难以保全。急切亲近君王并无它念啊，竟成招致祸殃的根源。

原文

思君其莫我忠兮，忽忘身之贱贫①。事君而不贰兮，迷不知宠之门②。忠何罪以遇罚兮，亦非余心之所志③。行不群以巅越兮④，又众兆之所咍⑤。纷逢尤以离谤兮⑥，謇不可释⑦。情沉抑而不达兮⑧，又蔽而莫之白。心郁邑余侘傺兮⑨，又莫察余之中情⑩。固烦言不可结诒兮⑪，愿陈志而无路。退静默而莫余知兮，进号呼又莫吾闻。申侘傺之烦惑兮⑫，中闷瞀之

忳忳^⑬。

忳忳[13]。

注释

①忽：忽略，忘记。贱贫：这里大约是指遭怀王疏远而失去尊官厚禄的情况。

②迷：迷惑。宠之门：得到君王宠幸的门户、途径。

③志：通"知"，知道，明白。

④不群：与众人不同，不合群。巅越：坠落，跌落。

⑤哈：嘲笑，嗤笑。

⑥逢尤：即遭到罪责。尤，罪过，罪责。离谤：即遭到毁谤。离，遭。

⑦謇：句首发语词。释：解释，解说。

⑧沉抑：指愁闷的情绪沉积、压抑在心底的样子。

⑨都邑：形容忧郁愁闷的样子。侘傺：形容因失意而惆怅，于是彷徨徘徊的样子。

⑩中情：泛指为内心情感，专指则为内心忠信之情。

⑪烦言：指要说的话众多而烦冗、杂乱。诒：赠送。

⑫申：重累，重复。烦惑：形容心里烦乱、迷惑的样子。

⑬闷瞀：形容内心烦乱的样子。闷，烦闷。瞀，迷乱。忳忳：形容忧愁的样子。

译文

思念君王有谁比我更忠贞啊，忘记了自己出身贫贱。服侍君王忠心不二啊，迷茫不知邀宠之法。忠诚有何罪以至遭到责罚啊，其中的缘由也不是我能明白的。行为与众不同因而栽了跟头啊，又被众人嘲弄嗤笑。那么多次受罪责遭毁谤啊，却没办法解释表白。情绪压抑无法畅快表达啊，又遭壅蔽无处澄清。忧郁愁闷失意彷徨啊，又无人明了我的衷情。本来心里的话就杂乱冗多无法总结在一起给别人说啊，想要陈述心志却没有途径。如果隐退沉默便无人了解我啊，如果奔走呼喊却又无人肯听。心中失意，烦乱迷惑啊，内心苦闷，忧虑重重。

原 文

昔余梦登天兮，魂中道而无杭①。吾使厉神占之兮②，曰有志极而无旁③。终危独以离异兮④，曰君可思而不可恃⑤。故众口其铄金兮⑥，初若是而逢殆⑦。惩于羹者而吹齑兮⑧，何不变此志也？欲释阶而登天兮，犹有曩之态也⑨。众骇遽以离心兮⑩，又何以为此伴也⑪？同极而异路兮，又何以为此援也？晋申生之孝子兮⑫，父信谗而不好⑬。行婞直而不豫兮⑭，鲧功用而不就⑮。

注 释

①中道：半路。杭：渡过。

②厉神：主杀罚的神灵，或又能执占卜之事。

③志极：心志很高，志存高远。旁：辅佐，帮助。

④危独：指处境危险而孤立无援。离异：与他人不同而分离，各走各的路。

⑤曰：从这里到"鲧功用而不就"是厉神占卜后根据兆象显示而劝告屈原的话。

⑥铄：销熔，熔化。

⑦初若是：这里指"恃君"而言。初，当初，以前。若是，像这样。殆：危险，险境。

⑧羹：古代用肉和菜调和五味做成的带汁的食物，这里指热羹。齑：一种被切细的酱菜，属凉菜。

⑨曩：以前。

⑩骇遽：惊惶，畏惧。离心：这里指与己心分离、不合。

⑪伴："伴"与下句之"援"都是攀援、求援的意思。

⑫申生：春秋时晋献公太子。献公宠爱骊姬，骊姬欲立己子奚齐为太子，因而向献公进谗言，说申生有杀父之心，于是献公追捕申生，申生乃被逼自杀。

⑬好：喜爱，喜欢。

⑭婞直：刚愎，刚直。豫：安乐，宽和，从容不迫。

⑮鲧：古代传说是禹的父亲，夏族的首领。

译文

以前我梦见自己登上天庭啊，魂魄走到半路却无路向前。我让厉神算上一卦啊，他说："你志存高远，却没有同伴。""最终会陷入险境众叛亲离吗？"他说："君王可以思慕，但不可以依靠。所以众口一词说坏话能熔化金子啊，当初你依靠君王却因此遭遇了祸患。有过被热羹烫过的教训见到凉菜也要吹一吹啊，为何你却不改变忠直的志向？想要把梯子撇在一边去登天啊，你仍然还是以前那副模样。众人惊惶畏惧，跟你离心离德啊，又怎能同他们结队同行？都想获得君王的任用却追求不同啊，又怎能让他们出手相帮？

晋国申生那样的孝子啊，父亲也会听信谗言而不喜欢。行为刚直而不和顺啊，鲧的功业因此没有完成。"

原　文

　　吾闻作忠以造怨兮，忽谓之过言①。九折臂而成医兮②，吾至今而知其信然。矰弋机而在上兮③，罻罗张而在下④。设张辟以娱君兮⑤，愿侧身而无所⑥。欲僤佪以干傺兮⑦，恐重患而离尤⑧。欲高飞而远集兮，君罔谓汝何之⑨。欲横奔而失路兮⑩，坚志而不忍。背膺牉以交痛兮⑪，心郁结而纡轸⑫。梼木兰以矫蕙兮⑬，纂申椒以为粮⑭。播江离与滋菊兮⑮，愿春日以为糗芳⑯。恐情质之不信兮，故重著以自明⑰。矫兹媚以私处兮⑱，愿曾思而远身⑲。

注　释

　　①忽：忽略，忽视。过言：被过分夸大的话，言过其实。

　　②九折臂而成医：指多次遭受被折断手臂一类的打击、祸殃，于是不断积累经验，改良药方，从而成为好的医生。九，虚数，多次。

　　③矰弋：用来射鸟的短箭。机：安装并发射。

　　④罻罗：用来捕鸟的网。罻，捕鸟小网。

　　⑤张辟：用来捕猎鸟兽的工具，一说为罗网，一说为弓弩。

　　⑥愿侧身而无所：意即想要蛰伏、躲藏而没有地方。侧，伏着身子，蛰伏。

　　⑦僤佪：徘徊不前。干傺：求得仕进。

　　⑧重：增加。离：遭遇。尤：罪过，罪责。

　　⑨罔：得无，莫非，该不会。之：往，到……去。

⑩横奔而失路：肆意狂奔，从而迷失正道。

⑪膺：胸。胖：分开。

⑫郁结：形容心中忧郁的情思缠结积聚的样子。纡：弯曲，萦回。轸：痛。

⑬捣：通"捣"，春。木兰：一种落叶小乔木或灌木，早春先叶开花，花大，外面紫色，内面近白色，微香。矫：糅合，混合。蕙：香草名。

⑭䉢：这里是春，从而使之精细的意思。申椒：香草名。

⑮江离：香草名。滋：栽种，种植。

⑯糇芳：芳香的干粮。糇，干粮。芳，形容其气味的芳香，因为这儿的"糇"是用香草做成的。

⑰重：反复，一再。著：表明，申述。

⑱矫：举。媚：美好的东西。

⑲曾：重复，再三。远身：远远地离开，以躲避祸害。

译文

我听说做忠臣会招来怨恨啊，心里却不以为意，认为是夸大其词。多次折断胳臂自然成为良医啊，我现在才明白确实如此。短箭装好对着天上啊，罗网就在地面张设起来。设置机关取悦君王啊，想要躲藏却没有地方。徘徊不定想要求得仕进啊，又怕增加罪责忧患更深。想要远走高飞另觅他处啊，君王该不会说你要去哪里？想要肆意狂奔不循正道啊，但又意志坚定不忍变心。后背前胸如裂开一般疼痛难忍啊，心里忧思纠结愁苦不堪。捣碎木兰再拌上蕙草啊，磨细申椒来做点心。种上江离栽上菊花啊，希望春天能做成芳香的干粮。担心内心本性无人相信啊，所以要反复陈说表明自身。标举美德我将隐退独处啊，希望深思熟虑后全身而退远离祸害。

涉　江

原　文

余幼好此奇服兮，年既老而不衰①。带长铗之陆离兮②，冠切云之崔嵬③。被明月兮珮宝璐④。世溷浊而莫余知兮⑤，吾方高驰而不顾。驾青虬兮骖白螭⑥，吾与重华游兮瑶之圃⑦。登昆仑兮食玉英⑧，与天地兮同寿，与日月兮同光。哀南夷之莫吾知兮⑨，旦余济乎江湘。

注　释

①衰：衰退，懈怠。

②长铗：长剑。陆离：形容其所佩带宝剑之长。

③冠：本指帽子，这里释为"戴"。切云：一种很高的帽子。崔嵬：形容高的样子。

④被：穿在身上或披在身上的意思。明月：一种夜间能发光的宝珠。珮：犹"佩"，佩带。璐：玉。

⑤涽：混乱。

⑥虬：一种有角的龙。骖：本义指一车驾三马。又特指驾车时服马两边的马。这里指驾驭车两旁的白螭。螭：一种无角的龙。

⑦重华：古史传说中的五帝之一舜的名号。瑶：美玉。圃：这里的"瑶之圃"或即《离骚》之"县圃"，是神话传说中天帝及众神居住的地方。

⑧昆仑：古代神话传说中西方神山的名称。英：花。

⑨南夷：当时楚国江南一带的土著民族。

译文

我从小便爱好这身奇特装束啊，如今进入暮年却仍兴致不减。我腰间佩带长长宝剑啊，头戴高高发冠。身上饰有明月珠啊，美玉佩带在我的腰间。人世污浊无人了解我啊，我正自高飞驰骋不再留恋人间。驾着那有角青龙啊配上无角白龙，我和重华大神一起游览啊在那天上的玄圃。登上昆仑山啊品尝那美玉一般的花朵，要和天地啊有一样的寿命，要和日月啊同样灿烂光辉。哀痛的是南方夷族无人了解我啊，清早我便要渡过湘水，去到江南。

原文

乘鄂渚而反顾兮①，欸秋冬之绪风②。步余马兮山皋③，邸余车兮方林④。乘舲船余上沅兮⑤，齐吴榜以击汰⑥。船容与而不进兮⑦，淹回水而疑滞⑧。朝发枉陼兮⑨，夕宿辰阳⑩。苟余心其端直兮，虽僻远之何伤。

注释

①鄂渚：地名，在今湖北鄂州。

②欸：感叹，叹息。绪风：大风。

③步：使行走。皋：水泽，引申为水边之地。

④邸：停留。方林：面积广大的树林。

⑤舲船：有窗子的船。上：这里是沿沅水逆流而上的意思。

⑥吴榜：船桨。一作"大棹"。汰：水波。

⑦容与：徘徊不前的样子。

⑧淹：停留，滞留。回水：江中急流回旋而形成的涡流，即漩涡。疑滞：即"凝滞"，停滞不前。

⑨枉陼：地名，沅水中的一个河湾，在辰阳以东，沅水下游，今属湖南常德。

⑩辰阳：地名，汉有辰阳县，属武陵郡，在今湖南辰溪。

译 文

登上鄂渚回头远望啊，慨叹秋冬时节大风凄寒。让我的马儿啊在山边泽畔，将我的车子啊停靠在大片林边。乘坐舲船我沿沅水上溯啊，众人一起举桨划开水波。船儿徘徊不往前走啊，在急流漩涡中停滞不前。早晨从枉陼开始出发啊，晚上就留宿在那辰阳。假如我的心正直无偏啊，流放之地即使偏远又有什么可伤感的？

原 文

入溆浦余儃佪兮①，迷不知吾所如。深林杳以冥冥兮②，猿狖之所居③。山峻高以蔽日兮，下幽晦以多雨。霰雪纷其无垠兮④，云霏霏而承宇⑤。哀吾生之无乐兮，幽独处乎山中。吾不能变心而从俗兮，固将愁苦而终穷。

①溆浦：地名，在今湖南溆浦一带，或因溆水而得名，因其在溆水之滨的缘故。儃佪：徘徊不前。

②杳以冥冥：意即幽深晦暗。"杳"与"冥"意义相近，都是幽暗、昏暗的意思。

③猨：一种猕猴。狖：猿猴的一种。

④霰：小雪珠。垠：边际、涯岸。

⑤霏霏：这里形容云气很盛的样子。承宇：指山中云气旺盛而与屋檐相承接。宇，屋檐。

译 文

进入溆浦我却徘徊犹豫啊，心中迷惑不知去往何处。幽深的树林昏暗阴沉啊，这是那猿猴栖居的所在。山势高峻陡峭遮住太阳啊，山下幽深晦暗阴雨绵绵。雪珠雪花纷纷扬扬无边无际啊，云层浓重与屋檐相连。哀痛我这一生缺少欢乐啊，孤苦寂寞独居在山中。我不能改变志节去随波逐流啊，理所当然会忧愁苦闷困穷终生。

原 文

接舆髡首兮①，桑扈臝行②。忠不必用兮，贤不必以③。伍子逢殃兮④，比干菹醢⑤。与前世而皆然兮，吾又何怨乎今之人！余将董道而不豫兮⑥，固将重昏而终身⑦！

注 释

①接舆：春秋时楚国人，佯狂避世。髡首：剃去头发。

②桑扈：古代隐士。臝行：意即裸体面行。臝，同"裸"。

③以：用。

④伍子：伍子胥。逢
殃：遭遇祸殃。

⑤比干：殷末纣王的
叔伯父。菹醢：肉酱，这里
指剁成肉酱。菹、醢，均有
肉、肉酱的意思。

⑥董：正。豫：犹豫。

⑦重昏：重重昏暗。

 译　文

接舆剃去头发佯狂避世
啊，隐士桑扈裸体而行。忠臣不一定能得到任用啊，贤人未必能发
挥才能。伍子胥遭遇祸患啊，比干被剁成肉酱。整个前代都是这样
啊，我又何必怨恨如今的君王！我将正道而行不再犹豫啊，本就准
备在重重昏暗中度过一生！

原　文

乱曰①：鸾鸟凤皇②，日以远兮。燕雀乌鹊③，巢堂坛兮④。露
申辛夷⑤，死林薄兮⑥。腥臊并御⑦，芳不得薄兮⑧。阴阳易位⑨，时
不当兮。怀信侘傺⑩，忽乎吾将行兮！

注　释

①乱：乐曲的最后一章叫乱。古时诗乐不分，故诗文中最后总
括全篇要旨的一段文字也被称作乱。

②鸾鸟凤皇：古人心目中神异的鸟类，这里比喻贤能之士。

③燕雀乌鹊：都是普通常见鸟类，这里比喻谗佞小人。

④巢：鸟窝，这里是搭窝的意思。堂：古时天子以及诸侯议政、祭祀的朝堂、庙堂。坛：用土筑起的高台。

⑤露申：一种香草。辛夷：一种香草。

⑥薄：草木丛生的地方。

⑦腥臊：恶臭秽浊的气味，这里比喻奸邪小人。御：进用。

⑧薄：靠近，接近。

⑨阴阳易位：这里比喻当时社会忠奸不辨，是非不分，从而使君子贤士失位，奸邪小人得志。

⑩怀信：怀抱忠贞诚信之心。侘傺：惆怅失意的样子。

译文

乱辞称：鸾鸟凤凰，一天天地远去啊。燕雀乌鹊，却在庙堂上公然筑巢安居啊。露申辛夷，在草木丛中干枯死去啊。腥臊恶臭都能得到君王的取用啊，芳香的花草却无法靠近他的身边。阴阳颠倒，生不逢时啊。怀抱忠信却失意彷徨啊，我怅然迷惘，还是远行吧！

哀 郢

原 文

皇天之不纯命兮①，何百姓之震愆②？民离散而相失兮③，方仲春而东迁④。去故乡而就远兮，遵江夏以流亡⑤。出国门而轸怀兮⑥，甲之鼌吾以行⑦。

注 释

①皇天：天在古人思想观念里占有至高无上的主宰神地位，以"皇"修饰之是古人对天的尊称。皇，美大。

②百姓：指楚国的贵族。震愆：震恐，惊恐。

③民：普通民众。

④仲春：阴历二月。

⑤遵：沿着。江夏：长江和夏水。江即长江。夏指夏水，夏水是古水名，由长江分流而出，注入汉水，今已堙没。

⑥国：这里是国都、京城的意思。轸：痛，哀痛。

⑦甲：甲日。古以十天干记日。鼌：通"朝"，早晨。

译 文

天命反覆无常啊，为何让宗亲贵戚们惊恐万端？民众流离，亲人失散啊，在这仲春二月向东逃难。离开故土，去向远方啊，沿着江、夏水一路流亡。出了郢都城门便痛切地思念啊，甲日的早晨我启程上路。

原 文

发郢都而去闾兮①，荒忽其焉极②？楫齐扬以容与兮③，哀见君而不再得。望长楸而太息兮④，涕淫淫其若霰⑤。过夏首而西浮兮⑥，顾龙门而不见⑦。心婵媛而伤怀兮⑧，眇不知其所蹠⑨。顺风波以从流兮，焉洋洋而为客⑩。凌阳侯之氾滥兮⑪，忽翱翔之焉薄⑫。心絓结而不解兮⑬，思蹇产而不释⑭。将运舟而下浮兮⑮，上洞庭而下江⑯。去终古之所居兮⑰，今逍遥而来东⑱。羌灵魂之欲归兮⑲，何须臾而忘反⑳。背夏浦而西思兮㉑，哀故都之日远。登大坟以远望兮㉒，聊以舒吾忧心。哀州土之平乐兮㉓，悲江介之遗风㉔。当陵阳之焉至兮㉕，淼南渡之焉如㉖？曾不知夏之为丘兮㉗，孰两东门之可芜㉘？

注释

①闾：本义是里巷的大门，也可用来指称居民区。这里当是指楚国贵族"昭"、"屈"、"景"三氏聚居之所在，即"三闾"。

②荒忽：神思恍惚的样子。

③楫：船桨。容与：形容船徘徊不进的样子。

④长楸：即高大的梓树。太息：长声叹息。

⑤淫淫：这里形容眼泪流而不止的样子。霰：小雪珠。

⑥夏首：夏水从长江分流而出的地方。西浮：从西面顺水漂流。一说"西浮"为"疾浮"。

⑦龙门：郢都的东城门。

⑧婵媛：眷恋，牵挂。

⑨眇：远。蹠：踩，踏，落脚。

⑩焉：于是。洋洋：这里形容飘泊不定的样子。

⑪凌：乘，凌驾。阳侯：传说中司波浪的神，这里指其所掀起的波浪。泛滥：这里形容大水漫流的样子。

⑫忽：快速地。薄：停留，止息。

⑬絓结：这里形容内心情感郁结牵缠而愁苦烦闷的样子。

⑭蹇产：形容情思屈曲而无法舒展的样子。

⑮下浮：顺着江流而向下游漂浮。

⑯上洞庭而下江：这里指船行至洞庭湖汇入长江之处时的情形，若船南向驶入洞庭湖则逆流而上，以入沅湘水系，若东向沿长江行驶则顺流而下。

⑰终古之所居：楚国历代先祖自古以来居住的地方，即郢都。

⑱逍遥：飘荡，流落。

⑲羌：楚地方言，句首发语词。

⑳须臾：顷刻，片刻。

㉑夏浦：即夏口，今汉口。西思：这里是思念西方郢都的意思。

㉒坟：江中岛屿沙洲。

㉓州土：荆楚大地。平乐：土地平坦富饶，人民安居乐业。

㉔介：间。一说是边上、侧畔的意思。遗风：楚先人世代遗传下来的美好风习。

㉕当：到，抵达。陵阳：地名，《汉书·地理志》载丹扬郡陵阳县，在今安徽青阳南。

㉖淼：水面阔大无边的样子。南渡：指往南渡过大江而登岸抵达陵阳。

㉗夏：高大的房屋。丘：丘墟，废墟。

㉘两东门："两"疑有误，或为"网"字，考量计较的意思。东门即郢都东城门，亦即上面提到的"龙门"。

译文

从郢都出发离开故土啊，神思恍惚不知该去向何方？桨一齐划动，船却徘徊不前啊，哀痛的是不能再见到君王。看那故国乔木我长声叹息啊，眼泪如同雪珠一样流淌。船过夏浦向东漂荡啊，回头

看那郢都龙门已踪影难觅。心里牵挂不舍充满哀伤啊，前路邈远不知在何方落脚？顺风而行，随着流水啊，于是飘泊无依，流寓他乡。乘着水神掀起的巨浪啊，如鸟儿一般飞起却不知落在何方？心乱如麻难以解开啊，情思郁结无法舒怀。将要驾船顺流而下啊，上溯是洞庭下流是长江。离开先人世代居住的土地啊，而今飘泊流落来到东方。灵魂它想要回归故土啊，何尝有片刻忘记还乡？离开夏口思念郢都啊，哀伤距故都日渐遥远。登上沙洲纵目远眺啊，姑且舒散我忧愁的心情。哀怜荆楚大地曾富饶安乐啊，悲伤的是江上故俗遗风。抵达陵阳后该往哪里去啊，南渡浩森大江后又将去何处？不知高大的宫殿楼台是否已成为丘墟啊，谁能料到郢都东门是否化为荒芜？

原文

心不怡之长久兮，忧与愁其相接。惟郢路之辽远兮，江与夏之不可涉。忽若不信兮[1]，至今九年而不复。惨郁郁而不通兮[2]，蹇侘傺而含戚[3]。外承欢之汋约兮[4]，谌荏弱而难持[5]。忠湛湛而愿进兮[6]，妒被离而鄣之[7]。尧舜之抗行兮[8]，瞭杳杳而薄天[9]。众谗人之嫉妒兮，被以不慈之伪名[10]。憎愠忳之修美兮[11]，好夫人之忼慨[12]。众踥蹀而日进兮[13]，美超远而逾迈[14]。

注　释

①忽：迷惘，恍惚。不信：当作"去不信"。去，离开。信，两天，这里形容时间很短。

②惨：忧愁。郁郁：形容忧愁的样子。不通：这里指心情忧愁烦闷、郁结不畅。

③謇：句首发语词。侘傺：惆怅失意的样子。

④汋约：本指柔美的样子，这里形容小人谄媚的样子。

⑤谌：确实，实在。荏：弱，软弱。

⑥湛湛：厚重。

⑦被离：分离，离散。鄣：壅蔽，阻塞。

⑧抗：高，高尚。

⑨瞭：明。杳杳：高远的样子。薄：迫近，靠近。

⑩被：加。不慈：不爱自己的儿子，指尧舜禅让天下于他人而不传给自己的儿子。伪名：与事实不符的名声。

⑪愠怆：大约是形容怨思蕴积于心的样子，当是就忠贞君子而言。

⑫夫人：这里指谗佞小人。忼慨：即"慷慨"，形容情绪激昂奋发的样子。

⑬众：这里指表面上故作慷慨之态的谗佞小人。蹀躞：形容行走的样子。

⑭美：忠贤君子。超：远。逾：跃进，行进。迈：远走高飞。

译　文

心中长久不快啊，忧和愁绵绵不绝。想到回郢都的路那么遥远啊，江水夏水已难以渡过。恍惚中就像刚刚离开故土啊，到如今已有九年未曾回去。心情忧郁愁闷不畅啊，惆怅失落一腔凄楚。小人们表面上奉承君王，一副媚态啊，实际上软弱不堪，难以辅国。忠厚之士愿有所作为啊，谗妒小人却从中阻挠。圣王尧舜德行高尚啊，他明智高远直逼苍穹。谗佞小人心怀嫉妒啊，给他加上不慈爱的恶名。君王嫌恶正直忠贤的君子啊，却喜爱那故作慷慨姿态的伪善小人。众多谗佞小人竞相奔走，日益得势啊，忠臣贤士被日益疏远，却远走高飞。

原文

乱曰：曼余目以流观兮①，冀一反之何时？鸟飞反故乡兮②，狐死必首丘。信非吾罪而弃逐兮，何日夜而忘之？

注释

①曼：本义是引而使长，这里指张大双眼。流观：四处观看。

②"鸟飞"以下两句：这是当时流行的成语。鸟飞虽远，终将返回故乡；狐狸死时，头必朝向其所出生的山丘。比喻对故土深厚而炽热的爱恋情怀。

译文

乱辞称：睁大我的眼睛环顾周围啊，盼望什么时候能回去一次？鸟儿远飞终究要返回故林啊，狐狸死时头必朝着故土山丘。实在不是我有罪过啊而被流放，何尝有一日一夜忘怀故都？

抽 思

原文

心郁郁之忧思兮①，独永叹乎增伤。思蹇产之不释兮②，曼遭夜之方长。悲秋风之动容兮③，何回极之浮浮④。数惟荪之多怒兮⑤，伤余心之忧忧。愿摇起而横奔兮⑥，览民尤以自镇。结微情以陈词兮，矫以遗夫美人⑦。

注 释

①郁郁：忧愁的样子。

②蹇产：情思屈曲而不得舒展的样子，即忧思郁结之义。

③动容：意即动摇。容，即"搈"，动。

④回极：回旋的天极。浮浮：变动不定的样子。

⑤数：多次，频频。惟：思。荪：一种香草，这里用来比喻君王。

⑥摇起：迅速地起身、跃起。横奔：大步流星地疾急奔跑。

⑦矫：举起。美人：这里代指怀王。

译 文

心中忧愁思绪烦乱啊，独自长叹又增感伤。情思郁结不能化解啊，漫漫长夜睡意全无。悲叹秋风猛烈撼动外物啊，何以竟使回旋的天极也变动不定？多次想起君王屡屡发怒啊，使我心伤忧苦无边。我愿疾起大步狂奔啊，看到百姓动辄得罪又静下心来。总结幽隐情思来陈词啊，面向君王表白心意。

原文

昔君与我诚言兮①，曰黄昏以为期②。羌中道而回畔兮③，反既有此他志。憍吾以其美好兮④，览余以其修姱⑤。与余言而不信兮⑥，蓋为余而造怒⑦。愿承间而自察兮⑧，心震悼而不敢⑨。悲夷犹而冀进兮⑩，心怛伤之憺憺⑪。

注释

①诚言："诚"当作"成"。成言即已约定的言语。成，定。

②黄昏：日落的时候，古代于此时举行昏礼（即今婚礼）。屈原作品多以男女关系比喻君臣关系。

③羌：楚地方言，句首发语词。回畔：改道，改路。

④憍：同"骄"，骄傲，矜夸。

⑤览：向他人展示。修姱：美好。

⑥不信：不守信用，不可靠，即言而无信。

⑦蓋：通"盍"。何，为什么。造怒：发怒，生气。

⑧间：间隙，机会。自察：自我表白。

⑨震悼：内心惊恐、震恐的样子。

⑩夷犹：犹豫。进：进言。

⑪怛：痛苦，忧伤。憺憺：因忧惧惊恐而心情动荡不安的样子。

译文

从前君王和我曾约定啊，说好相会在黄昏时分。半路上他却改了主意啊，转身而去有了别的想法。向我矜夸他的美好啊，对我展示他的才能。跟我说好的话不算数啊，为什么还对我怒气冲冲？我希望寻找机会表白自己啊，心里又惊惧不敢随意行动。悲伤犹豫盼望能进言啊，心中痛苦忧愁难安。

原文

兹历情以陈辞兮[1]，苏详聋而不闻[2]。固切人之不媚兮[3]，众果以我为患[4]。初吾所陈之耿著兮[5]，岂至今其庸亡[6]？何毒药之謇謇兮[7]，愿苏美之可完[8]。望三五以为像兮[9]，指彭咸以为仪[10]。夫何极而不至兮，故远闻而难亏[11]。善不由外来兮，名不可以虚作。孰无施而有报兮，孰不实而有获？

注释

①兹历：当作"历兹"。历，陈列，列举。兹，此。

②详：通"佯"，假装。

③切：正直，恳切。媚：谄媚，讨好。

④众：这里指跟屈原对立，专以谄媚君王为能事的谗佞小人。

⑤耿著：光明，明白。

⑥庸：乃。亡：忘。

⑦何毒药之謇謇兮：当作"何独乐斯之謇謇兮"。謇謇，形容忠贞切直的样子。

⑧完：当作"光"，发扬光大。

⑨三五：三指三王，即禹、汤、周文王；五指春秋五霸。一说指三皇五帝。像：法式，榜样。

⑩彭咸：传说是殷商时的贤人。仪：法式。

⑪闻：名声，声誉。亏：缺失，消歇。

译 文

　　列数心事来陈辞啊，君王却假装耳聋听不见。本来正直的人就不会阿谀诌媚啊，一众小人果然把我当作祸患。当初我所陈说的话明明白白啊，难道如今竟全都忘却？为什么总是这样忠贞耿直啊，是希望君王美德能发扬光大。仰慕三王五霸以他们为榜样啊，指着古贤彭咸以他为楷模。假若如此，还有什么终极不能达到啊，从此声名远播将会永远流芳。善心不会自外产生啊，名声不会凭空出现。谁能不给予便有回报啊，谁能不播种就有收获？

原 文

　　少歌曰①：与美人抽怨兮②，并日夜而无正③。愊吾以其美好兮④，敖朕辞而不听⑤。

注 释

　　①少歌：即《荀子·赋篇·佹诗》的"小歌"，是古代乐章结构的组成部分，对前一部分内容起小结、收束的作用。

　　②怨：朱熹《楚辞集注》本作"思"。

　　③并日夜：即夜以继日，日夜不分。并，合。无正：无从论证、评断是非。

④侨：同"骄"，骄傲，骄矜。

⑤敖：同"傲"。

少歌说：跟君王剖白心迹啊，夜以继日却得不到评判。向我夸耀他的美好啊，傲慢地将我的言语抛在一边。

原 文

倡曰①：有鸟自南兮②，来集汉北③。好姱佳丽兮，牉独处此异域④。既茕独而不群兮⑤，又无良媒在其侧⑥。道卓远而日忘兮⑦，愿自申而不得。望北山而流涕兮⑧，临流水而太息。望孟夏之短夜兮⑨，何晦明之若岁⑩！惟郢路之辽远兮，魂一夕而九逝⑪。曾不知路之曲直兮，南指月与列星⑫。愿径逝而未得兮⑬，魂识路之营营⑭。何灵魂之信直兮，人之心不与吾心同！理弱而媒不通兮⑮，尚不知余之从容⑯。

注 释

①倡：同"唱"，古代乐章的结构组织形式之一，作用是发端启唱。

②鸟：屈原自喻为鸟。南：这里指郢都。

③汉北：汉水以北的地方，屈原当时被迁于此。

④牉：分离，离别。异域：他乡，这里指汉北迁所。

⑤茕：孤独。

⑥良媒：好的媒人，这里指能够为作者和怀王之间沟通关系的人。

⑦卓：同"逴"，远。日忘：这里指被怀王一天天地淡忘。

⑧北山：当是郢都附近的山，或谓即郢都纪南城北的纪山。

⑨孟夏：阴历四月，初夏时节。

⑩晦明之若岁：形容度日如年，难以入眠。晦明，由夜至曙。晦，昏暗，黑夜。明，白昼。

⑪一夕而九逝：是说灵魂在一夜之内多次前往郢都，表达了对郢都的刻骨思念。夕，晚上。逝，去，往。

⑫南指月与列星：这里是说在由汉北往南去往郢都的路上，靠着月亮与群星来辨认方向。

⑬径逝：一直前往，返回郢都。

⑭识：辨认。营营：形容来回走动的样子。

⑮理：媒人，媒介。

⑯从容：举动，行为。

译文

倡说：有只鸟儿从南边来啊，飞来栖息在汉北。容貌美丽动人啊，却独在异乡离群而居。既已孤身一个不能合群啊，又没好的媒人在旁扶持。道路遥远日渐被人遗忘啊，想要自己陈说却没有机会。望着北山落泪啊，对着流水叹息。初夏夜晚本来短暂啊，为何度日如年却难以入眠？想起回郢都的路途那么遥远啊，灵魂一夜之间多次前往。不知那道路是曲是直啊，只好靠着星月指认南去的方向。多想一直前往到达郢都却不被君王接纳啊，只有灵魂辨认那来往的路途。为何灵魂那么忠信正直啊，别人的心思和我却不一样！信使孱弱，没媒人通路子啊，还有谁知道我的言行思想。

原文

乱曰：长濑湍流①，沂江潭兮②。狂顾南行③，聊以娱心兮。轸石崴嵬④，塞吾愿兮⑤。超回志度⑥，行隐进兮⑦。低徊夷犹，宿北姑兮⑧。烦冤瞀容⑨，实沛徂兮⑩。愁叹苦神⑪，灵遥思兮。路远处幽，又无行媒兮。道思作颂⑫，聊以自救兮。忧心不遂，斯言谁告兮。

注释

①濑：沙石滩上的水流。湍：急流。

②沂：逆流而上。潭：水深的地方。

③狂顾：心神迷乱而左右顾盼。南行：向着南方郢都的方向而行。

④轸：通"畛"，田间道路。崴嵬：形容石头高低不平的样子。

⑤塞：通"骞"，使……艰难。

⑥超回：徘徊。志度：通"跮踱"，意即踯躅，徘徊不前。

⑦隐进：指一点点慢慢前进。

⑧北姑：大约是汉北一带的地名。

⑨烦冤：形容心中忧愁烦闷的样子。瞀容：当为"瞀伀"，心情烦乱不安。瞀，乱。容，通"伀"，不安。

⑩沛徂：即颠沛困苦地行进。徂，去往。

⑪苦神：伤神，损伤精神。

⑫道：通"导"，表达，表述。颂：即指本文。

译 文

乱辞说：长长的沙石滩上流水湍急，沿着深潭逆流而上啊。心神迷乱顾盼南行，聊且抚慰我的心伤啊。路上石头高低不平，让我回家的路途艰难啊。徘徊踟蹰，慢慢前行啊。迟疑犹豫，停歇在北姑啊。愁闷烦乱，走得实在艰辛啊。忧愁叹息，黯然神伤，灵魂仍在思念故乡啊。路途遥远，居处幽僻，又没人为我通报啊。表达忧思写下歌词，姑且自我解脱啊。忧郁心绪不得舒畅，这些话该向谁倾诉啊！

怀 沙

原 文

滔滔孟夏兮①，草木莽莽②。伤怀永哀兮，汨徂南土③。眴兮杳杳④，孔静幽默⑤。郁结纡轸兮⑥，离慜而长鞠⑦。抚情效志兮，冤屈而自抑。

注 释

①滔滔：这里形容夏季暑热之气旺盛的样子。孟夏：阴历四月，初夏时节。

②莽莽：这里形容草木茂盛的样子。

③汨：快速地行走。徂：去，往。

④眴：看。杳杳：昏暗，幽深。

⑤孔：很，甚。幽：幽深，深沉。默：寂静无声。

⑥郁结：形容心中忧郁的情思缠结积聚的样子。纡轸：形容内心情感扭曲而伤痛的样子。

⑦慜：哀痛，悲哀。鞠：困苦。

译 文

暖洋洋的四月初夏啊，草木茂盛葱郁。心情伤感，哀思绵长啊，匆匆又往南迁。眼前景象昏暗幽深啊，静谧幽深万籁悄然。愁绪纠结，内心痛苦啊，遭受悲哀，困苦无边。抚慰忧伤，考量心志啊，暗自压抑内心沉冤。

原 文

刓方以为圜兮①，常度未替。易初本迪兮②，君子所鄙。章画志墨兮③，前图未改。内厚质正兮，大人所盛④。

注 释

①刓：削，剜刻。圜：同"圆"，圆形。

②本迪：常道，本来的路径。

③画：规划，计划。墨：即绳墨，木工画直线用的工具。

④大人：有三种说法：一指君子。二指居高位之人。三指有圣德之人。

译 文

把方的削成圆的啊，正常的法度不能废弃！改变本心更替常道啊，这向来为君子所鄙薄。彰显原则标举准绳啊，前人的法度不曾更改。内心敦厚品格方正啊，大人君子盛赞不已。

原文

巧倕不斲兮①，孰察其拨正②。玄文处幽兮，矇瞍谓之不章③。离娄微睇兮④，瞽以为无明⑤。变白以为黑兮，倒上以为下。凤皇在笯兮⑥，鸡鹜翔舞⑦。同糅玉石兮⑧，一概而相量⑨。夫惟党人鄙固兮，羌不知余之所臧⑩。任重载盛兮，陷滞而不济。怀瑾握瑜兮⑪，穷不知所示。邑犬之群吠兮⑫，吠所怪也。非俊疑杰兮⑬，固庸态也。文质疏内兮⑭，众不知余之异采。材朴委积兮⑮，莫知余之所有。

注释

①倕：传说是虞舜时能工巧匠的名字。斲：砍，削。

②察：知道，了解。拨：弯曲。

③矇瞍：瞎子。

④离娄：古代传说中视力超强的人。睇：眼睛微睁着看。

⑤瞽：瞎子。

⑥笯：笼子。

⑦鹜：鸭。

⑧糅：错杂，混杂。玉石：指君子和小人。玉，比喻德行端正的君子。石，比喻谗佞小人。

⑨一概而相量：用一个度量衡标尺来衡量的意思，比喻善恶不分。概，古代称量米粟等时用来刮平斗斛的木板，这里引申为标准、尺度。量：衡量。

⑩臧：指自己所具备的美好品质。

⑪瑾：美玉。

⑫邑：城镇，城市，人口聚居的地方。

⑬非俊疑杰：非，毁谤，诋毁。俊、杰，都是指才能出众、智识过人的人。

⑭文质：外在和本质。文指外表。质指本质。疏：疏阔，阔略，没有太多繁文缛节。内：木讷，不善言辞。

⑮材朴：可以使用的木材、木料，这里比喻人的才干。委积：堆积。

巧匠倕如果不砍不削啊，谁会知道是曲是直？黑色花纹隐在暗处啊，瞎子也说它不明显。离娄眯着眼睛看啊，盲人认为他没眼力。把白变成黑啊，把上下颠倒过来。凤凰被关进笼子啊，鸡鸭却肆意飞舞。美玉顽石掺杂在一起啊，用一个标尺衡量它们。结党营私之徒卑鄙顽固啊，不知我内蕴的美好。负担太重装载过多啊，陷没停滞难达目标。怀抱美玉，手握宝石啊，身处困境，不知向谁展示。城里的狗一起狂叫啊，对着它们眼中怪异的人事叫嚣。毁谤俊才，猜忌贤才啊，本来就是庸人的常貌。外表质朴秉性木讷啊，众人不知我出众的文采。栋梁之材堆积一旁啊，我的才能无人知晓。

原文

重仁袭义兮①，谨厚以为丰。重华不可遌兮②，孰知余之从容③！古固有不并兮④，岂知其何故？汤禹久远兮，邈而不可慕⑤。

注释

①重：积累，重叠。袭：重累，重叠。

②遌：遇。

③从容：行为，举动。

④不并：指圣君与贤臣不生在一个时代。

⑤邈：远。慕：仰慕，思念。

积累宽仁培养忠义啊，谨慎敦厚充实自身。圣王重华不能与他相遇啊，有谁能了解我的言行举动？明君贤臣自古就不常生在一个时代啊，怎知其中的原因？汤禹距今如此久远啊，时代太早让人无从表达思慕之情。

原文

惩连改忿兮①，抑心而自强。离慜而不迁兮②，愿志之有像③。进路北次兮，日昧昧其将暮④。舒忧娱哀兮⑤，限之以大故⑥。

注释

①惩：止住。连：当从《史记·屈原贾生列传》作"违"，恨的意思。

②慜：同"愍"，祸难。

③像：法则，榜样。

④昧昧：形容昏暗的样子。

⑤舒忧娱哀：舒散、发泄忧愁，使悲哀的情绪快乐起来。

⑥限：限度，期限。大故：死亡。

译 文

克制心中怨恨改掉自己的愤怒啊，平抑心情自我勉励。饱受哀愁却不变心啊，希望志节有所依归。向北进发暂且停歇啊，天色昏暗已到黄昏。舒散忧愁排遣悲哀啊，期限已到死亡将临。

原 文

乱曰：浩浩沅湘，分流汨兮①。修路幽蔽，道远忽兮②。怀质抱情，独无匹兮。伯乐既没③，骥焉程兮④。万民之生，各有所错兮⑤。定心广志，余何畏惧兮？曾伤爰哀⑥，永叹喟兮⑦。世溷浊莫吾知，人心不可谓兮。知死不可让，愿勿爱兮。明告君子，吾将以为类兮⑧。

注 释

①汨：水流湍急的样子。

②忽：荒忽，茫茫，辽远阔大的样子。

③伯乐：古代传说中善于识别、挑选马匹的人。没：通"殁"，死亡。

④骥：好马，良马。程：衡量，测量。

⑤错：安置。

⑥曾：重累。爰：哀伤不止。

⑦喟：叹息。

⑧类：法则，标准，榜样。

译文

乱辞说：沅湘之水阔大，湍急向前奔流啊。长路幽深昏暗，辽远苍茫无际啊。内心修美品格坚贞，无可匹敌啊。伯乐已死，好马又该怎样衡量啊。万民降生，各有自己的命运啊。安心骋志，我还有什么好畏惧啊。满腹哀伤无休无止，叹息长久不绝啊。世间混浊无人理解，我对人心已无话可说啊。知道死亡不可避免，宁愿不再爱惜自己啊。明白地告诉大人君子，我将以此作为法则啊。

思美人

原文

思美人兮，擥涕而伫眙①。媒绝路阻兮②，言不可结而诒③。蹇蹇之烦冤兮④，陷滞而不发⑤。申旦以舒中情兮⑥，志沉菀而莫达⑦。愿寄言于浮云兮，遇丰隆而不将⑧。因归鸟而致辞兮，羌宿高而难当⑨。

注释

①擥涕：擦干、收起眼泪。擥，同"揽"。伫眙：久久站立，注视前方。

②媒绝：指自己孤单一人，无人为自己和君王沟通。绝，断绝。路阻：这里比喻自己和君王之间存在隔阂，无法互相了解、沟通。

③诒：赠送。

④蹇蹇：形容情绪滞塞、郁结而不通畅的样子。烦冤：形容心情烦乱而郁积不得发泄的样子。

⑤陷滞而不发：指愁闷烦乱的情绪郁积于内，无法发泄舒散。

⑥申旦：由夜至曙，通宵达旦。中情：屈原作品习语，即内心情感。

⑦沉菀：形容心思郁积而不通的样子。

⑧丰隆：古代神话传说中云神的名号。不将：不听从命令。

⑨羌：楚地方言，句首发语词。宿：当作"迅"，即速度快。当：遇到。

译 文

思念我那美人啊，擦干眼泪久久伫立，望眼欲穿。媒人断绝了消息，路途多有险阻啊，有话对君王说却言不成句。烦闷愁苦郁积我胸中啊，陷滞停留却难以舒泄。由夜至曙我想要抒怀啊，心思缠结却又无法传达。愿把话儿托付给浮云啊，碰上云神不听我言。想靠归鸟为我传辞啊，但它迅疾高飞而难以相遇。

原 文

高辛之灵盛兮①，遭玄鸟而致诒②。欲变节以从俗兮，愧易初而屈志。独历年而离愍兮③，羌冯心犹未化④。宁隐闵而寿考兮⑤，何变易之可为！知前辙之不遂兮⑥，未改此度。车既覆而马颠兮，蹇独怀此异路⑦。勒骐骥而更驾兮⑧，造父为我操之⑨。迁逡次而勿驱兮⑩，聊假日以须时。指嶓冢之西隈兮⑪，与纁黄以为期⑫。

131

①高辛：五帝之一"帝喾"的名号。灵盛：神灵旺盛充沛。

②玄鸟：燕。致诒：传送礼物。诒，礼物。

③离愍：遭遇忧愁。

④冯：愤怒，愤懑。

⑤隐闵：隐忍，沉默不言。寿考：终身。

⑥前辙：前面、未来的道路。遂：通达，顺利。

⑦謇：通"謇"，句首发语词。异路：与世俗之人不同的道路。

⑧勒：本义是套在马首上的笼头，这里释为驾驭、控御。骐骥：一种骏马的名称。

⑨造父：周穆王时人，以善于驾车著称。操：执辔驾车。

⑩迁：迁延不进的样子。逡次：徘徊不前的样子。

⑪嶓冢：山名。大约是蜿蜒于陕甘交界处的山脉名称，汉水的发源处。限：山崖。

⑫纁黄：日落、黄昏的时候。

译 文

古帝高辛神灵多么荣盛啊，遇上玄鸟为他传送礼物。想要改变志节追随流俗啊，我又以改变节操委屈心志为愧。常年独自经受忧痛熬煎啊，一腔怨懑依旧不能化解。宁愿隐忍不言了此穷苦一生啊，又怎能改辙变节呢？明知前方道路艰难不通啊，却不更改这种处世原则。车已颠覆，马已颓倒啊，这路与众不同却仍是我的选择。勒住骏马，重套车驾啊，造父为我执辔驾驭。要他慢慢前行

且莫纵马疾驰啊，姑且偷闲一番等待时机。指着嶓冢山的西面山崖

啊，约好黄昏时分在那里相见。

原文

　　开春发岁兮，白日出之悠悠。吾将荡志而愉乐兮[1]，遵江夏以娱忧[2]。擥大薄之芳茞兮[3]，搴长洲之宿莽[4]。惜吾不及古人兮[5]，吾谁与玩此芳草？解萹薄与杂菜兮[6]，备以为交佩[7]。佩缤纷以缭转兮，遂萎绝而离异。吾且儃佪以娱忧兮[8]，观南人之变态[9]。窃快在中心兮，扬厥凭而不埃[10]。芳与臭其杂糅兮，羌芳华自中出[11]。纷郁郁其远承兮[12]，满内而外扬。情与质信可保兮[13]，羌居蔽而闻章。

注释

　　①荡志：放纵情思，开怀。荡，放荡，放纵。

　　②娱忧：排解忧愁。

　　③擥：持取，摘取。薄：草木丛生的地方。茞：香草名，或即白芷。

　　④搴：拔取。长洲：即形状长而大的沙洲。洲，沙洲，岛屿。宿莽：一种越冬生长的草本植物，或即卷施草。

　　⑤不及古人：未能和古代的圣贤君子同处一个时代。

　　⑥萹薄：丛生的萹蓄。萹，萹蓄，一名萹竹。蓼科，一年生平卧草本植物。薄，丛生的杂草。

⑦交佩：两两相交的佩饰物。

⑧僵佪：徘徊不前的样子。

⑨南人：郢都以南之人。变态：不正常的情态。

⑩凭：愤懑，愤怒。俟：等待。

⑪羌：句首发语词，楚地方言。芳华：即芬芳的花朵。华，同"花"。自中出：从里面凸显出来。

⑫纷：疑当作"芬"，芳香之气。郁郁：这里形容香气浓郁的样子。远承：指香气向远处飘散。"承"即"烝"，气味向外飘扬发散。

⑬情：指人的外在感情。质：指人的内在本体的特质、特征，即本质。

译 文

春天到来新年开始啊，白天的时间越来越长。我将敞开心扉寻找快乐啊，沿着江水、夏水消解忧愁。摘下丛林里芬芳的茝草啊，拔取大沙洲上生长的宿莽。可惜我没能生在古代先贤的时代啊，如今与谁一起玩赏这些芳香的花草？采折丛生的蒚蓄杂菜啊，备作左右相交的佩饰。它们缤纷繁盛缭绕周身啊，最终却枯萎凋落，被扔在一旁。我且徘徊闲行消愁解闷啊，瞧瞧这些南人不正常的情态。一丝快意暗自浮上心头啊，舒散愤懑不必再有所期待。虽然芳香、浊臭混杂在一处啊，花朵的芬芳依旧难以掩盖。浓郁香气远远飘散啊，充盈于内自然会发散于外。我的心志若能真的保持啊，居处虽然蔽塞，也能名声显扬。

原 文

令薜荔以为理兮①，惮举趾而缘木。因芙蓉而为媒兮，惮褰裳

而濡足②。登高吾不说兮③，入下吾不能。固联形之不服兮，然容与
而狐疑。广遂前画兮④，未改此度也。命则处幽⑤，吾将罢兮⑥，愿
及白日之未暮⑦。独茕茕而南行兮⑧，思彭咸之故也。

注　释

①薜荔：香草名，一种缠绕着树木生长的藤本植物。理：媒
人，媒介。

②褰：通"褰"，提起。濡：沾湿，浸湿。

③说：通"悦"，喜爱，喜欢。

④遂：道路。画：分布。

⑤处幽：居处于幽暗僻远的地方，这里指被疏遭逐而出居汉北
荒凉之地。

⑥罢：同"罢"，即休止，作罢。一通"疲"，指疲乏，疲劳。

⑦白日之未暮：比喻尚有时日，要抓紧时间，及时有所
作为。

⑧茕茕：形容孤独的样子。

译　文

命令薜荔去做信使啊，却恐怕如同抬脚攀援树木。依靠芙蓉去
做媒人啊，却担心提起裤子将双脚弄湿。向高处攀爬我不喜欢啊，
往低处行走我也不愿。本来是我的形貌不适应当世啊，我却仍然犹
豫不决徘徊踯躅。广阔道路向前方延伸啊，我却仍然不改一贯法
度。命中注定居于幽僻之地，我将就此停止下来啊，但仍愿趁年轻
有所作为。独自一人往南行走啊，这是思念彭咸的缘故。

惜往日

原　文

　　惜往日之曾信兮①，受命诏以昭诗②。奉先功以照下兮③，明法度之嫌疑④。国富强而法立兮，属贞臣而日娭⑤。秘密事之载心兮⑥，虽过失犹弗治。心纯庞而不泄兮⑦，遭谗人而嫉之。君含怒而待臣兮⑧，不清澈其然否。蔽晦君之聪明兮⑨，虚惑误又以欺⑩。弗参验以考实兮⑪，远迁臣而弗思。信谗谀之溷浊兮，盛气志而过之。何贞臣之无罪兮，被离谤而见尤⑫。惭光景之诚信兮⑬，身幽隐而备之⑭。

注　释

　　①往日：这里指屈原青壮年对被怀王信任并重用的那一段时期。

　　②命诏：君王发布的命令或文告。昭：明。诗：当从朱熹本作"时"，时世。

　　③先功：指楚国前代君王的功业、业绩。功，指对国而言的事功、功绩。照下：昭示下民。

　　④法度：指国家的章程、法令、制度。嫌疑：指法度中不明确或有疑难的地方。

　　⑤属：托付。娭：游乐，嬉戏。

　　⑥秘密：即"黾勉"，勤勉，勤恳。

　　⑦庞：敦厚，厚道。不泄：出言谨慎，不随便乱说话。泄，

泄漏。

⑧君含怒而待臣：《史记·屈原贾生列传》："怀王使屈原造为宪令，屈平属草稿未定。上官大夫见而欲夺之，屈平不与。因谗之曰：'王使屈平为令，众莫不知，每一令出，平伐其功，曰以为非我莫能为也。'王怒而疏屈平。"大约即指此事。

⑨蔽晦：遮蔽、蒙蔽从而使之昏暗不明。聪明：聪就听觉而言，明就视觉而言，所谓"耳聪目明"，即视听感官敏锐的意思。引申则指判断、辨别是非善恶的能力。

⑩虚：空虚不实，假而伪。惑：使……疑惑。误：使……行为举动颠倒错讹。

⑪参：参互比较。考实：考察、考核事实真相。

⑫被：蒙受。离：当从洪兴祖及朱熹本作"谰"，诽谤。尤：罪过，罪责。

⑬景：同"影"。

⑭幽隐：这里形容其居所的偏僻荒凉。备：具备。

译文

痛惜年轻时曾受信任啊，传达君王的诏令昭明时世。承袭先王的功业昭示下民啊，辨明法度决断疑难。国家富强法度建立啊，国政托付忠臣而君王轻松游乐。勤于国事时刻在心啊，即使有过失也没有治罪。心性敦厚而不随便说话啊，竟遭谗佞小人妒嫉。君王满含怒火对待臣下啊，不去澄清其中对错是非。小人蒙蔽了君王耳目啊，用假话误导君王又欺骗了他。君王不去比较核查事情的真相啊，把我远远放逐不加考虑。君王听信谗言奉承的话啊，对我怒气冲冲大加责备。为何忠臣本无罪过啊，却遭到诽谤承受罪过？惭愧的是日月光影真实无伪啊，身处僻远之地也得蒙其光辉。

原文

临沅湘之玄渊兮①，遂自忍而沉流？卒没身而绝名兮，惜壅君之不昭②。君无度而弗察兮③，使芳草为薮幽④。焉舒情而抽信兮，恬死亡而不聊⑤。独鄣壅而蔽隐兮⑥，使贞臣为无由。

注释

①玄渊：水呈黑色的深渊。

②壅君：被壅蔽、蒙蔽的君王。

③度：法度，客观的衡量标准。

④薮幽：水泽幽暗的地方。

⑤恬：安适，安静。聊：苟且偷生。

⑥鄣壅：阻塞，阻隔。鄣，同"障"。壅，义近"障"，又写作"雍"。

译文

走近沅湘这深渊啊，就此忍心自沉江流？最终身死名声磨灭啊，痛惜君王被蒙蔽而不觉悟。君王没有原则不能明察啊，把香草丢弃在深暗水沼。该如何打开心扉、展示诚信啊，安静地死亡，我决不苟且偷生。只因有着重重阻碍啊，令忠贞的臣子无从接近君王。

原文

闻百里之为虏兮①，伊尹烹于庖厨②。吕望屠于朝歌兮③，宁戚歌而饭牛④。不逢汤武与桓缪兮，世孰云而知之？吴信谗而弗味兮⑤，子胥死而后忧⑥。介子忠而立枯兮⑦，文君寤而追求⑧。封介山而为之禁兮⑨，报大德之优游⑩。思久故之亲身兮，因缟素而哭之⑪。

注释

①百里：即百里奚，春秋时人。初为虞国大夫，晋献公灭虞时被俘，后作为陪嫁媵臣入秦国。后又亡秦入楚，为楚人所执。时秦穆公闻其贤能，遣人至楚，以五张羊皮赎得其身，用为大夫，故又称之为"五羖大夫。"

②伊尹：商初成汤的大臣，名挚，尹是官名，因其母居伊水，故称伊尹。庖厨：厨房。庖厨烹饪之事古代视为下贱者所为。

③吕望：即俗称所谓姜太公、姜子牙。其佐周文、武王，乃灭商功臣，后封于齐，为齐国始祖，其族世代为姬周姻亲。朝歌：古地名，殷纣时国都，在今河南淇县。

④宁戚：春秋时卫人，曾至齐国国都经商，喂牛而歌，为齐桓公所闻，桓公认为他是贤人，遂任用其为大夫。

⑤吴：这里指吴王夫差。

⑥子胥：即伍子胥。后忧：指日后的亡国之忧。

⑦介子：介子推。春秋时晋国人，曾跟随晋文公重耳在外流亡十九年，文公归国继位后，介子推携母隐于绵上山中。立枯：抱着树而被烧死。

⑧文君：晋文公，晋献公子，大戎女所生，姬姓，名重耳，

"春秋五霸"之一。寤：觉醒，醒悟。

⑨介山：古代山名。因介子推而得名，在今山西介休。禁：禁止民众上介山砍柴打猎，因为晋文公将介山作为介子推的封地。

⑩优游：形容德行至高至大。

⑪缟素：本义是白色的织物，这里指白色的丧服。

译 文

听说百里奚做过俘虏啊，伊尹在厨房里烹制过食物。吕望在朝歌做过屠夫啊，宁戚边唱歌边喂过牛。若非遇到商汤、周武王、齐桓公、秦穆公啊，世上谁会说知道他们的好处？夫差听信谗言不加思量啊，伍子胥死后国家败亡。介子推忠于晋文公却被烧死啊，晋文公醒悟后立刻去访求。将介山作为他的封地禁止樵猎啊，来报答他的仁厚大德。怀念他是多年亲密的故人啊，穿上白色丧服痛哭泪流。

原 文

或忠信而死节兮，或訑谩而不疑①。弗省察而按实兮②，听谗人之虚词。芳与泽其杂糅兮③，孰申旦而别之④？何芳草之早夭兮⑤，微霜降而下戒。谅聪不明而蔽壅兮⑥，使谗谀而日得。

注 释

①訑谩：欺骗，诈伪。

②省：检察，审察。按：考察。

③泽：当为"臭"字之误。

④申旦：意即日复一日。申，重复。旦，天亮。

⑤夭：夭折，死亡。

⑥谅：确实，的确。聪不明：即听觉不敏锐，引申就是偏听偏信，不辨是非忠奸。

译 文

　　有人忠贞诚信却为节操而死啊，有人欺诈虚伪却没有人怀疑。不审察验证核对事实啊，却听信小人的不实之言。芳香腐臭混杂一处啊，谁能日复一日来加以辨析？为什么芳草过早夭亡啊，寒霜从天而降，给以警示。实在是君王偏听偏信受到蒙蔽啊，才使谗谀之徒日益得势。

原 文

　　自前世之嫉贤兮，谓蕙若其不可佩①。妒佳冶之芬芳兮，嫫母姣而自好②。虽有西施之美容兮③，谗妒人以自代。愿陈情以白行兮④，得罪过之不意。情冤见之日明兮⑤，如列宿之错置⑥。

注 释

　　①蕙若：两种香草的名称。

　　②嫫母：传说是黄帝的妃子，貌丑。后世作为丑女的代名词。这里比喻奸邪小人。姣：容貌美丽。

　　③西施：春秋时越国人，以貌美著称，越人将其献于吴王夫差，令夫差荒淫不理政事，后卒亡吴国。

　　④白行：表白、说明自己的所作所为。

　　⑤情冤：指是非曲直。情，真情，真实。冤，冤枉，委屈。见：同"现"，表现，显现。日明：一天天地变得明白起来。

　　⑥列宿：排列在天幕上的众多星宿。错：通"措"，放置，安放。

译 文

自古以来小人嫉贤妒能啊，都说芬芳的蕙草、杜若不可佩带。妒忌佳人芳美袭人啊，丑妇嫫母却自认为美丽而装出媚态。即使有西施那样的美艳容貌啊，谗妒小人也要钻进来取代。希望陈述衷情，表白所为啊，却无意之间招致罪过。事实与冤屈终究会得到澄清啊，就像天上星宿般排列有序。

原 文

乘骐骥而驰骋兮，无辔衔而自载①；乘氾泭以下流兮②，无舟楫而自备。背法度而心治兮③，辟与此其无异④。宁溘死而流亡兮⑤，恐祸殃之有再。不毕辞而赴渊兮，惜壅君之不识。

注 释

①辔：马缰绳。衔：马嚼子。

②氾泭：筏子。

③心治：依着一己的私心去治理。

④辟：通"譬"。譬如，好像。

⑤溘：忽然，快速。流亡：随流水而去。

译 文

骑上骏马我自由驰骋啊，没有缰绳和衔铁自行驾驭。乘着筏子顺流而下啊，却无船桨而要自己准备。背离法度自行治理啊，这跟以上情形没有两样。宁愿突然死去随流水飘逝啊，只怕再一次遭受祸殃。不把话说完便投赴深渊啊，痛惜君王被蒙蔽却一无所知。

橘　颂

　　后皇嘉树①，橘徕服兮②。受命不迁③，生南国兮④。深固难徙，更壹志兮。绿叶素荣⑤，纷其可喜兮⑥。曾枝剡棘⑦，圆果抟兮⑧。青黄杂糅⑨，文章烂兮⑩。精色内白⑪，类可任兮⑫。纷缊宜修⑬，姱而不丑兮⑭。

　　①后：后土。后土是古人对土地的尊称，大地在古人心目中地位极为崇高，是具有神性、神格的事物。

　　②徕：来。服：习惯，适应。

　　③迁：迁移，迁徙。橘是南方特有的植物，所以说"不迁"。

　　④南国：泛释之为南方之义。在屈原的时代南方即楚国之地。

　　⑤素：白。荣：花。

　　⑥纷：这里形容橘树花叶茂盛的样子。

　　⑦曾：层层叠叠。剡：尖，锐利。棘：刺。

　　⑧抟：圆。

　　⑨青黄：橘的果实未成熟时外皮呈青色，成熟时则呈黄色。杂糅：各种不同的东西混杂在一起，这里指青、黄两色交织、混杂。

　　⑩文章：文采，错综华美的色彩或花纹。文，同"纹"。章，文采。烂：色彩鲜明灿烂。

⑪精色：指橘实外表皮色明亮。
内白：指橘实内部瓤肉色泽洁白。

⑫类可任兮：如同肩负重任的君
子。当依洪兴祖、朱熹等校语作"类
任道兮"。类，似、好像。任，承担，
担任，肩负。

⑬纷缊：纷繁茂盛，是针对橘树
枝、叶、花、果各个方面而言的。宜
修：修饰得宜，恰到好处。

⑭姱：美好。

译文

后土皇天的美好橘树，它生来适
应这片土地啊。禀承天地之命决不外
迁，扎根生长在南方大地啊。根深牢固难以迁移，更加具有专一的
心志啊。绿色的叶子白色的花朵，缤纷茂盛惹人喜爱啊。层叠的树
枝尖锐的利刺，圆圆的果实簇聚成团啊。青黄两色混杂在一起，色
泽文采多么美丽啊。外表鲜丽，内在纯洁，如同肩负重任的君子
啊。风姿美盛，修饰得宜，美丽没有一点瑕疵啊。

原文

嗟尔幼志①，有以异兮。独立不迁，岂不可喜兮？深固难徙，
廓其无求兮②。苏世独立，横而不流兮③。闭心自慎④，不终失过兮⑤。
秉德无私，参天地兮⑥。愿岁并谢⑦，与长友兮。淑离不淫⑧，梗其
有理兮。年岁虽少，可师长兮。行比伯夷⑨，置以为像兮⑩。

注 释

①嗟：表示感叹语气的虚词。

②廓：广大，空阔。这里指橘树的心境、品格的阔大，申言之即超脱旷达的意思。

③横：充满。不流：不随波逐流、媚俗从众、与世沉浮。

④闭心：将心灵关闭，如此则能排除外界的诱惑与干扰，保持自身内心世界的纯净。

⑤不终失过：当作"终不失过"，即始终不犯错误。

⑥参：三。这里指与天地相配，合而成三。

⑦谢：离去，这里指岁月流逝。

⑧淑离：鲜明美好的样子。

⑨伯夷：商代末年孤竹国国君的长子，因与弟叔齐互相谦让王位而双双去国弃位，来到周国。后谏阻周武王伐纣，武王不纳其言，遂双双逃隐于首阳山，耻食周粟而饿死在山里。

⑩置：建立，树立。像：法式，榜样。

译 文

惊叹你从小志向便与众不同啊。巍然独立而不变更，怎能不令人欢喜啊。根深蒂固难以移动，胸襟开阔无所欲求啊。清醒卓立在人间浊世，志节充盈，决不随波逐流啊。闭敛心扉，摒除物扰，保持审慎，始终不犯过错啊。秉持道德，公正无私，和天地同在啊。愿与岁月一起流逝，和你长久相伴永远为友啊。心灵美好而不淫乱，坚强正直而有条理啊。年纪虽小，可为人师啊。高洁德行与伯夷比肩，把你作为榜样来学习啊。

悲回风

悲回风之摇蕙兮①，心冤结而内伤②。物有微而陨性兮③，声有隐而先倡④。夫何彭咸之造思兮⑤，暨志介而不忘⑥！万变其情岂可盖兮，孰虚伪之可长！鸟兽鸣以号群兮，草苴比而不芳⑦。鱼葺鳞以自别兮⑧，蛟龙隐其文章。故荼荠不同亩兮⑨，兰茝幽而独芳。惟佳人之永都兮⑩，更统世而自贶⑪。眇远志之所及兮⑫，怜浮云之相羊⑬。介眇志之所惑兮，窃赋诗之所明。

①回风：疾风，旋风。蕙：一种香草。

②冤结：形容心情忧伤、愁闷的样子。伤：悲伤，哀痛。

③物：这里指蕙而言。陨：陨落，凋丧。性：生命，性命。

④声：这里指风声。隐：这里指风声藏匿无形。倡：起始，先导。

⑤造思：树立的思想。造，制造，造就。

⑥暨：与，和。介：坚固，坚定，坚贞。

⑦苴：枯草。比：合在一起。

⑧葺：整理，修饰。

⑨荼：苦菜。荠：一种味甘的野菜。

⑩惟：思念。佳人：这里或是屈原自谓。佳，美好。都：

美好。

⑪更：经历，经过。统世：经过几世几代，历时久远。贶：给
与，赐与。

⑫眇：远。及：至，到达。

⑬相羊：形容飘浮、游荡、没有凭依的样子。

译 文

悲悯疾风摇落蕙草啊，内心忧伤愁思郁结。蕙草微小而丧失了
性命啊，风声隐匿无形却能发出声响。为什么彭咸树立的思想啊，
和他那坚定志节让我无法忘怀？情态万变，怎能掩盖内心的真实
啊，虚伪的事物哪会绵延久长？鸟兽鸣叫招呼同类啊，荣草、枯草
不能一起散发芳香。鱼儿修饰鳞片显示其与众不同啊，蛟龙则将身
上文采隐藏。所以苦菜和甘荠不能在同一块田里生长啊，兰花芷草
在幽僻之地独自散发芬芳。想起君子永远那么美好啊，经历几世几
代却自求多福。志向远大与天比高啊，怜惜浮云游荡无依。我志向
远大坚定让世人迷惑啊，暗自写作诗篇表明心志。

原 文

惟佳人之独怀兮①，折若椒以自处②。曾歔欷之嗟嗟兮③，独隐
伏而思虑。涕泣交而凄凄兮④，思不眠以至曙。终长夜之曼曼兮，
掩此哀而不去。寤从容以周流兮，聊逍遥以自恃⑤。伤太息之愍怜
兮⑥，气於邑而不可止⑦。糺思心以为纕兮⑧，编愁苦以为膺⑨。折
若木以蔽光兮⑩，随飘风之所仍⑪。存髣髴而不见兮⑫，心踊跃其若
汤⑬。抚珮衽以案志兮⑭，超惘惘而遂行⑮。岁曶曶其若颓兮⑯，时

亦冉冉而将至⑰。蘋蘅槁而节离兮⑱，芳以歇而不比⑲。怜思心之不可惩兮，证此言之不可聊。宁逝死而流亡兮⑳，不忍为此之常愁。孤子吟而抆泪兮㉑，放子出而不还。孰能思而不隐兮，照彭咸之所闻。

注 释

①惟：思念，想念。独怀：独特的胸襟、怀抱。怀，胸怀，襟怀。

②若：杜若，一种香草的名称。椒：一种芳香的植物，或即花椒。

③曾：重累。歔欷：哭泣，哽咽。嗟嗟：不断叹息。

④凄凄：形容悲伤的样子。

⑤逍遥：遨游嬉戏以自适其心怀。恃：怙恃，依赖，依靠。

⑥愍怜：怜悯。

⑦於邑：呜咽，哽咽。

⑧纠：编结，缠扎。缭：佩带。

⑨膺：大约是紧贴前胸的衣物。

⑩若木：古代神话传说中的神木。

⑪飘风：疾风，旋风。仍：跟从，跟随。

⑫髣髴：仿佛，好像。

⑬踊跃：跳动，跳跃。汤：热水。

⑭珮：玉佩，一种玉制的装饰品。袿：衣襟。案：抑制。

⑮超惘惘：惘怅，怅惘。

⑯智智：即"忽忽"，这里形容时间流逝的样子，有迫促、迅疾的含义。颓：下坠，流逝，过去。

⑰时：这里指老年，老境。冉冉：形容渐渐前进的样子。

⑱蘋：一种水草的名称。蘅：一种香草的名称，即杜蘅。槁：枯。节离：枝节脱落、断开。

⑲不比：即不再茂盛，不再显得生机勃勃。比，茂盛。

⑳宁逝死而流亡兮：当作"宁溘死而流亡兮"。这是屈赋成句，又见于《离骚》、《惜往日》等。

㉑吟：叹息。抆：擦拭。

译 文

想那美人有独特的胸襟啊，采折杜若芸椒独自居住。哭泣不止，频频叹息啊，独自隐居，思索考虑。涕泪交流如此悲伤啊，沉思无眠直到天亮。熬过这漫漫长夜啊，压抑心头哀愁却萦绕不去。醒来后优游四处观览啊，姑且畅怀自我娱乐。伤感长叹实在可怜啊，气息哽咽无法抑止。缠扎忧心作为佩带啊，编结愁苦作为心衣。折下若木遮蔽阳光啊，随着疾风任意飘摇。仿佛存在的一切已经模糊不见啊，心如沸水猛烈悸动。抚摸玉佩、衣襟来抑制情绪啊，在惆怅迷惘中起身前行。岁月流逝匆匆过去啊，时光冉冉人生也将渐入老境。白蘋、杜蘅

已然枯落啊，芳香消散生机全无。可怜思念君国的心绪无法悔改啊，证明克制忧愁的话靠不住。宁愿快点死去而随流水飘逝啊，不能忍受这没完没了的愁苦。独自叹息，擦拭泪水啊，被放逐的人一去不返。谁能想到这些不忧伤啊，我明白了彭咸的传说的真假。

原文

　　登石峦以远望兮①，路眇眇之默默②。入景响之无应兮③，闻省想而不可得④。愁郁郁之无快兮，居戚戚而不可解⑤。心蛷羁而不形兮⑥，气缭转而自缔⑦。穆眇眇之无垠兮⑧，莽芒芒之无仪⑨。声有隐而相感兮，物有纯而不可为⑩。邈蔓蔓之不可量兮⑪，缥绵绵之不可纡⑫。愁悄悄之常悲兮⑬，翩冥冥之不可娱⑭。凌大波而流风兮⑮，托彭咸之所居。

注释

　　①峦：小而锐峭的山。一说指形状狭长的山。

　　②眇眇：遥远的样子。默默：寂静的样子。

　　③景：同"影"，阴影。

　　④闻省想：耳听目视心想。闻，听。省，看，审视。想，心想，思考。

　　⑤居：疑为"思"之误。戚戚：忧愁、愁苦的样子。

　　⑥蛷羁：蛷，马嚼子，马羁绳。羁，马络头，马笼头。凯和羁都是控御马匹的用具，这里引申作束缚解。形：当作"开"，排解，开释。

　　⑦缭转：纠缠、缠绕，无法排解的样子。缔：缠结在一起而无法解开。

　　⑧穆：深远，幽微。垠：边际，涯岸。

　　⑨莽：苍苍，广大。芒芒：空间广阔的样子。仪：景象，容

仪，仪貌。

⑩纯：精纯，粹美。不可为：有无能为力，无可奈何的含义。

⑪藐：通"邈"，远。蔓蔓：与"漫漫"声义相同，漫长、久远的样子。量：计算，度量。

⑫缥绵绵：细微绵长的样子。纤：弯曲，萦绕。

⑬悄悄：忧愁的样子。

⑭翩：快速地飞。冥冥：形容飞得又高又远的样子。

⑮凌：乘。流：跟随，跟从。

登上小山眺望远方啊，路途遥远寂静无声。进入空旷阴影万籁俱静啊，耳听目视心想都已徒然。忧愁苦闷心不快乐啊，思绪忧苦愁郁不解。内心纠缠不得排解啊，气息郁结不能发散。四周幽远无垠无际啊，莽莽苍苍茫茫无边。仿佛有幽微的声音在相互感应啊，纯洁美好的事物却无奈陨殁。思绪悠远不能测量啊，细微绵长而无法绕回。忧愁满怀常自悲苦啊，远走高飞也无欢娱。乘着滚滚波浪随风飘逝啊，投身于彭咸所在的深渊。

原文

上高岩之峭岸兮①，处雌蜺之标颠②。据青冥而摅虹兮③，遂儵忽而扪天④。吸湛露之浮源兮⑤，漱凝霜之雰雰⑥。依风穴以自息兮⑦，忽倾寤以婵媛⑧。冯昆仑以瞰雾兮⑨，隐岷山以清江⑩。惮涌湍之礚礚兮⑪，听波声之汹汹⑫。纷容容之无经兮⑬，罔芒芒之无纪⑭。轧洋洋之无从兮⑮，驰委移之焉止⑯。漂翻翻其上下兮⑰，翼遥遥其左右⑱。氾潏潏其前后兮⑲，伴张驰之信期⑳。观炎气之相仍兮㉑，窥烟液之所积㉒。悲霜雪之俱下兮，听潮水之相击。借光景以往来兮㉓，施黄棘之枉策㉔。求介子之所存兮㉕，见伯夷之放迹㉖。

心调度而弗去兮，刻著志之无适^㉑。

注 释

①岸：这里指山崖的侧畔，即崖壁。

②雌蜺：古人称彩虹色彩较暗淡的外环部分为蜺，因其暗淡，则属阴、属雌，所以叫做雌蜺。与之相对，彩虹色彩较明亮的内环部分则叫做虹，其属阳、属雄，所以又叫雄虹。标颠：顶端，最高处。

③青冥：青天，天空。摅：舒展。

④儵忽：迅疾，快速。扪：抚摸。

⑤湛：浓重，浓厚。浮源：疑本作"浮浮"，形容露水浓重的样子。

⑥雰雰：形容霜雪缤纷的样子。这里当是就霜而言。

⑦风穴：古代神话传说中的一个洞穴，是产生风的地方。

⑧倾寤：全都明白了。倾，全，都。寤，领悟，明白。婵媛：伤感，悲伤。

⑨冯：凭依，依靠。瞰：俯视。

⑩隐：凭依，依靠。岐山：即岷山。清江：看清江流的面貌。一说作"清澈的江水"解。

⑪磕磕：本指石头发出的声音。这里当指水石相激而发出的声音。

⑫洶洶：波浪澎湃相击发出的声音。

⑬容容：形容变动不居、纷乱的样子。无经：没有法度，缺乏条理。

⑭罔：怅惘，惆怅。芒芒：这里形容迷乱的样子。纪：头绪。

⑮洋洋：彷徨而不知何去何从的样子。

⑯委移：同"逶迤"，曲折前行的样子。

⑰漂：漂浮，飞动。翻翻：形容上下翻飞、不安定的样子。

⑱翼：飞动。遥遥：摇摆。

⑲氾：氾滥。潏潏：形容水流奔涌而出的样子。

⑳张弛：这里指潮水的涨落。弛，同"弛"。信期：潮水涨落是有一定的时间、期限的，仿佛信守约定一般，所以叫做"信期"。

㉑炎：通"焰"，火焰。仍：跟从，跟随。

㉒烟：指云。液：指雨。

㉓光景：这里是时日、岁月的意思。景，同"影"。

㉔黄棘：是一种带刺植物的名称。枉：弯曲。策：鞭子，马鞭。

㉕介子：即介子推。所存：即所在，指介子推生前居住过的地方。

㉖放：为放逐。一说作远、故旧解。

㉗刻著志：下定决心，打定主意。刻。刻镂，铭刻。著，附着而不分离。

译文

　　登上高高山岩陡峭崖壁啊，处在彩虹的最高点。倚靠苍穹，舒展一道虹彩啊，于是刹那间抚摸到青天。吸吮浓厚的露水啊，含漱着飞落的凝霜。凭依风穴独自停歇啊，忽然领悟一切的奥秘，不禁忧思伤感。倚靠昆仑俯瞰云雾啊，凭依岷山看清江流湍急。激流冲击岩石发出骇人响声啊，听到波浪汹涌涛声震天。心里纷乱没个条理啊，情思芜杂缺乏头绪。要止住彷徨却不知如何下手啊，悲愁纠缠，何处才是终点？心绪漂荡上下翻飞啊，高高飞起徬徨不定。如同氾滥水流前后涌动啊，伴随着潮水涨落的固定约期。看那火焰与烟气相随而生啊，窥见云雨聚积显现。悲伤那霜雪一齐降下啊，听取那潮水激荡的巨响。借时间的光影驰骋往来啊，用那黄棘制成的弯曲神鞭来驾驭。访求介子推生前的居所啊，去看伯夷远遁的高山。心中思量，不能释怀啊，下定决心，决不离开。

原文

曰[1]：吾怨往昔之所冀兮，悼来者之愁愁[2]。浮江淮而入海兮，从子胥而自适[3]。望大河之洲渚兮[4]，悲申徒之抗迹[5]。骤谏君而不听兮[6]，重任石之何益[7]。心絓结而不解兮[8]，思蹇产而不释[9]。

注 释

①曰：这里的"曰"的作用类似"乱曰"，用来总结全篇。

②愁愁：形容忧虑、恐惧、不安的样子。

③自适：意即自求适意，自适己志。适，安适，逸乐。

④洲：水中的陆地。渚：水中的小块陆地。

⑤申徒：指申徒狄。传说其谏君不听，不容于世，于是投水自尽。其年代则说法不一。抗：高，高尚。

⑥骤：屡次。

⑦任：背负。一说为抱。

⑧絓结：心中郁结。

⑨蹇产：思绪郁结，不顺畅。

译 文

乱辞说：我哀怨以前所抱的期望啊，悲悼未来感到忧惧不安。顺着江淮漂流入海啊，追随伍子胥以求心安。望着大河中的洲渚啊，为申徒狄的高尚行为而伤感。屡次向君王进谏却不被接受啊，抱石投水又有何益处？心绪纠结难以解脱啊，思理不畅无法释怀。